はれ

陰聞き屋 十兵衛3

沖田正午

時代小説

二見時代小説文庫

目次

往生しなはれ——陰聞き屋 十兵衛3

第一章　苦肉の上方弁《かみがた》

一

酒に酔っていたのが、しくじりの因《もと》であった。

藩主の仇《かたき》の一人である、大諸藩主仙石紀房《おおもろせんごくのりふさ》を討ち取り大願を果たすべく千載一遇《せんざいいちぐう》の機会を得たというのに、つい他人《ひと》のおだてに乗って一献　盃《さかずき》　を傾けたのが運の尽き。菅生十兵衛《すがおじゅうべえ》、痛恨の不覚となった。

心の臓目がけて打った刺し針を、急所三寸下に外し『痛い』と言われただけで仙石紀房に逃げられ、仇討《あだう》ちは未遂に終わった。

大概の男なら『――嗚呼《ああ》、おれってのは駄目な男だ』と、そこでため息の一つも吐《つ》き、己を卑下して自己嫌悪に陥るのだろうが、この菅生十兵衛はそうでもない。

「——残念だったな。またの機会もあろう」

その一言で、片づけてしまう。

失態でめげる気持ちを、あとあとまで引きずらないのが、十兵衛の長所といえば長所であった。その性格がもつ利点が、十兵衛を再び都合よく有利な立場に身を置かせることになるのだから、人間あきらめては駄目だという教訓になろう。

二十八歳になる菅生十兵衛、上背五尺八寸のがっしりとした体軀《たいく》に、黒の小袖に黒のたっつけ袴を穿《は》き、黒鞣革《なめしがわ》の袖なし羽織を着こなす。全身黒ずくめの恰好を、夏でも崩そうとはしない。総髪を細紐でもってうしろに束ね、煙突の煤《すす》でも取り除く刷《は》毛《け》先にも見える髷《まげ》は、およそ百年前を生きた柳生《やぎゅう》十兵衛を彷彿《ほうふつ》とさせる。

そんな菅生十兵衛の本懐は、主君であった元松島《まつしま》藩主水谷重治《みずたにしげはる》を自裁《じさい》にまで追い込んだ、飯森《いいもり》藩主皆川弾正《みながわだんじょう》と大諸藩主仙石紀房の二人を討つこと。それを、元忍びであった手下《てか》たち三人と、一丸となって成し遂げるというのが大望であった。

そして、一年ほど前に共に信州の国を捨て、江戸にて仇討《あだう》ちを目指した四人は運よく再会を果たすと、江戸は芝増上寺《ぞうじょうじ》近くに住まい、虎視眈々《こしたんたん》とその機会をうかがっていたのであった。

十兵衛と手下三人は、むろん仇討ちのことはおくびにも出さず世を忍び、ひっそりと江戸の町に溶け込んでいる。

その手下三人とは——。

一人は五十歳を前にした忍びで、名を五郎蔵《ごろぞう》という。忍びとして仕えていたとき、非常食である下手物《げてもの》を調理する腕前のよさから、芝源助町《げんすけちょう》に『うまか膳《ぜん》』という煮売り茶屋を商い、その店主に身を置いている。

そして、女忍びであった菜月《なつき》という二十二歳になる元くノ一がいる。五郎蔵の後妻の娘という触れ込みで、うまか膳を一緒に商っている。そしてもう一人が、猫目《ねこめ》という名の二十歳になる若者である。こちらは十兵衛の手伝いで忙しい。

十兵衛の生業《なりわい》は『陰聞き屋《かげきや》』という、耳慣れない商いである。

相談ごとというのは、何かにつけて陰《いん》にこもる。他人《ひと》には言えぬを悩みを聞くところから、陰聞きなる言葉ができた。『——ここはひとつご内密に……』と相談ごとをもちかけられ、その依頼金額に応じて請け負う手間が異なる仕事を、十兵衛は選んだのであった。

それぞれが仕事をもち、仮の姿で糊口《ここう》を凌ぎながら本懐を成し遂げんと、藩主二人に狙いを定めていた。

そしてもう一人、この四人のほかに忘れてはならない人物がいる。

銀座町四丁目は、両替商武蔵野屋《むさしのや》の主《あるじ》、堀衛門《ほりえもん》である。松島藩との金銭貸借の取引きがあったよしみから、十兵衛たちのうしろ盾となった。何かにつけ、力添えとなってくれている。実は、陰聞き屋という商いも、堀衛門から提案されたものである。


仙石紀房の討ち果たしに失敗した三日後――。

十兵衛は、四ツ刻に汐留橋《しおどめばし》近くにある大諸藩上屋敷に呼び出されていた。事由は、十兵衛たちが仇と狙う仙石紀房の護衛の功績を、江戸詰御用人から労《ねぎら》われたのだから話は複雑である。

まずは、そのあたりから説かねばなるまい。

陰聞き屋としての手腕を聞きおよんだ大諸藩の家臣は、主君を仇と狙う松島藩の元藩士たちから殿の命を守るべき警護役を、なんと、菅生十兵衛に委《ゆだ》ねたのであった。

愛宕下《あたごした》大名小路の南に位置する、佐原《さわら》藩上屋敷にて藩主松山宗則《まつやまむねのり》との囲碁の対局の帰りを襲撃の絶好の機会と、十兵衛たちは策を練り上げた。しかし、十兵衛はその夜もう一つ陰聞き屋の仕事を請け負い、そちらにも立ち会っていた。

陰聞き屋の仕事は、千差万別にある。

婚期を逃した男や女から相談を依頼され、それを取りもち縁を結ぶことも仕事の内である。その日十兵衛は、酒問屋の主から、四十五歳になる娘の婿《むこ》探しを依頼され草《くさ》双紙《ぞうし》作家の朧月南風《おぼろづきなんぷう》という、六十歳も半ばにさしかかる男を紹介し、見合いの席を設《もう》けていた。十兵衛が取りもち、縁談はとんとん拍子に進み話はまとまりをもった。そんな祝いの席で、十兵衛は酒を勧められたのである。断れずに差し出した一献が、盃二杯三杯へと重なった。

ほろ酔い加減で、仇討ちなど遂行できるはずがない。十兵衛が討ち損じたところを、佐原藩士たちが紀房を襲う。それは、紀房によって主君が恥をかかされたという、逆《さか》恨みから生じた、血気に逸《はや》る一部藩士たちの襲撃であった。

他人の手によって、紀房を討ち取らせてはならぬと、十兵衛は立ち塞がり藩士たちと一戦におよぶ。その間に紀房は逃げ遂《おお》せ、十兵衛たちの本懐は、そこでお預けとなったのである。

今、大諸藩上屋敷に呼び出され、御用の間《ま》で十兵衛と向き合っているのは御用人である春日八衛門《かすがはちえもん》であった。江戸留守居役《るすいやく》に次ぐ、藩の重鎮である。

「先だってはご苦労であったな、十兵衛。そちのおかげで殿は助かった、礼をとらすぞ」

春日の膝脇には三方《さんぼう》が置かれている。折敷《おしき》の上には、紫の袱紗《ふくさ》が被《かぶ》されて、その中身は十兵衛には見えない。しかし、礼をとらすと言ったからには、かなりの金子《きんす》が見込まれるだろうと、十兵衛は心の中で密かにほくそ笑んでいた。

「ありがたく、これを受け取れ」

威張ったもの言いで、春日は三方に刳《く》り形のついた架台をつかむと、十兵衛の前に差し出した。

「袱紗を開けてみよ」

言われて十兵衛は、袱紗の一片を指でつまむと、湧き立つ思いを押さえおもむろに開いた。

すると、プンと生臭い匂いが鼻腔をくすぐる。見ると、烏賊《いか》の干からびた鯣《するめ》が三枚、折敷に載っている。

「わが藩は、海がなかろう。これは、主君が盟友としている越後《えちご》は高山《たかやま》藩主松平《まつだいら》清久《ひさ》様から贈られたものだ。鯣が大好物のわが殿が、たっての望みでいただいた、まことに貴重なものである。心して食せよ」

同じ平べったいものでも、鯣と小判では提灯《ちょうちん》と釣鐘《つりがね》ほどの、大きな違いがある。

そんな気抜けの様が、袱紗を開けたと同時に十兵衛の面相にはっきりと表れた。

「いかがした？　浮かぬ顔だな……」

「いや、まあ。けっこうな……ありがたく頂戴《ちょうだい》つかまつります。それで、相手と立ち合った際には五両のお約束が……」

言葉が濁りながらも、十兵衛は畳に拝して礼を言う。そして、約束である五両の請求をする。だが、このとき、十兵衛は大事なことを失念していた。

「おや？」

と、訝《いぶか》しげな春日の顔が十兵衛に向く。

「おぬしの言葉……」

春日から指摘され、十兵衛は『はっ』と感づくものがあった。

「いや、おおきに。鰯とは、けったいなものでんなあ。それで、五両はどない……」

十兵衛が失念していたのは、言葉を上方《かみがた》弁にしなければならなかったことだ。信州弁が言葉に出てはならぬと、十兵衛の苦肉の策である『訛《なまり》変化《へんげ》の術』を試みる。だが、いかんせん上方の生まれではない。このところつき合いのある、上方出身の草双紙作家の朧月南風の言葉を真似て、いい加減に使っているのだが、今のところは悟られてはいない。

「けったいとは、どんな意味だ？」

春日は話題を別に置き換え、五両のことをはぐらかしているように十兵衛には思えたものの、己《おの》が発する言葉が気にかかる。

「いや、すんまへん。けったいではなく、けっこうって言いたかったんです」

十兵衛自身、けったいという意味は分からない。ただ、南風が使っていたのでそれが頭の中から出てきただけである。

「上方弁とは、ずいぶんと気安いもの言いであるのう」

いくら上方弁に馴染みがないといっても、その語調から他人を崇《あが》めているようにはとても思えない。それは春日も感じていて、口に出した。だが、十兵衛の上方弁は、大坂から来た朧月南風仕込みであるも、その使い方に気を遣った。やたら出しては気が引ける。

「上方弁は気安いなどと言いなはりますけど……」

だが、十兵衛の上方弁は収拾がつかなくなってきていた。

「もうよい。どんどんと言っている意味が不明になってきておるぞ」

「すんまへん」

謝りながらも、これからはところどころに上方弁を入れて誤魔化《ごまか》そうと、十兵衛は思うのだった。

「謝らぬでよいが。実は、おぬしに頼みがあるのだ」

「頼みですかいな。なんでございましょう？」

言うたびに、上方弁はこんなものでいいのかと、十兵衛はそちらにいらぬ気が回る。

「おぬしの腕前は、先だって見させてもらった。やはり、松島藩の残党はまだいて、殿を襲おうと狙っていたのであったな」

そこまでを聞いて、十兵衛は『おや？』と思った。紀房を襲ったのは、佐原藩の藩士たちである。どうやらそのことには、気づいていないらしい。もっとも、それを知ったら大諸藩と佐原藩は戦にもなりかねぬほど、大騒ぎになっているはずだ。佐原藩はひた隠しに隠しているのであろう。十兵衛が話さない限り、この事実は永遠に闇に消えるはずだ。

「松島藩の残党を追い払ってくれたのはよいが、全員を打ちのめしてくれたらもっとよかったのだが……。そんなんで、謝礼は小判でなく鰑となったのだな」

打ちのめすというのは、大諸藩で捕らえるということである。十兵衛はこのとき思った。佐原藩士をさほど痛めつけなくてよかったと。刀の棟《むね》で打ったためたいした怪我を負わすこともなく、みな藩邸へと引き上げることができた。

——たった一人でも、大諸藩に捕まっていたら……。

と思った十兵衛は、ゾクッと背中に冷たいものを感じた。それでも約束の五両が気にかかる。

「ですが、お約束の五両がまだ……」

「先ほどから五両五両と申しておるが、いったいなんのことだ？」

「惚《とぼ》けるんですかいな、あんさん……」

言葉が通じていたなら、この無礼者と、十兵衛は大声でたしなめられていただろう。

「あんさんて、どんな意味だ？」

またも、五両のことから話を逸《そ》らしていると取った十兵衛は、それには答えず催促をつづける。

「先だって三波《みなみ》さんと村田《むらた》さんって人が来ましてな。『——そのときは、五両上乗せしようではないか』って、言ってました。そのときってのは、相手と立ち合ったときということでおます」

五両をつかみとろうと、十兵衛は必死になって言いすがると、ふと心によぎることがあった。

——すでに百両もらっているのだ。よく分からぬ上方弁で、逆に身の上が露見したらどうするのだ？

いらぬ欲をかくのはよそうと思ったときであった。

「左様であったか。すでに百両という大枚をつかわせておったが、それとは別だと申すのだな。よかろう、それはのちほど支払うことにするので案ずるのではない」

引こうとしたところで、相手が出てくれたのには、ほっと安堵の十兵衛であった。

「……それにしても、上方弁というのはよく分からぬのう。けったいとか、あんさんなんてのは、どんな意味なのだ？」

春日の呟《つぶや》きが聞こえ、額《ひたい》に冷や汗が滲む十兵衛であった。

二

謝礼の鰑を懐《ふところ》にしまい、十兵衛は口にする。

「それでは、これでおいとまします。早く、五両をくれませんか？」

「くれませんかって、そんなに急ぐことはあるまい。こちらには、まだ用件があるのだ」

「用件てのは……？」

十兵衛にはおおよその用件は分かっている。この先も大諸藩とつながっているためにも、重要な用件である。十兵衛は、あえて引く気配を見せて、相手の気持ちを手繰《たぐ》り寄せた。

「そういえば、先ほど頼みとか言ってませんでしたか？」

「左様。頼みというのはだな、また殿が松島藩の残党から襲われるかもしれん。おぬしの腕を見込んで、これからも殿の外出の際には警護を引き受けてもらいたいのだ」

「左様ですか。でもなあ……」

十兵衛は考えた振りをする。

「でもなあ……とは？」

「手前も忙しいよって……」

すぐには承諾しない。二つ返事で喜びを見せたら、何か含みがあるなと勘ぐられ、心の奥底が見透かされてしまうと思ったからだ。

「そこをなんとか。殿の外出も、そんなにしょっちゅうあるわけではない。たまに佐原藩に出向き、囲碁を打つときぐらいなものだ」

もう佐原藩には出向くことはないのではと、十兵衛は思うもののむろん口に出したりはしない。

春日の説得がつづく。

「そんな、お忍びでの外出のときだけでよいのだ。なんとか、頼めぬかの？」

二度断り三度目でようやく承諾をする。劉備玄徳《りゅうびげんとく》が諸葛孔明《しょかつこうめい》に対して取った『三《さん》顧《こ》の礼《れい》』の故事が、十兵衛の脳裏をよぎった。三度の懇願でもって、相手の誠意を汲み取る。

大概の者は、諸葛孔明ほど人間はできていない。三度目はないと思ってしまい、それが怖くて、どうしても二度目の懇願で承諾してしまうのが凡人である。だが、十兵衛はそこをぐっと我慢した。

「申しわけありませんが、やはり……」

とまで言えば、断りの言葉である。十兵衛は、しかつめ面でもって、おもむろに口にした。

十兵衛はもう一押し相手は押してくるものと取っている。『三顧の礼』をもって迎え入れられれば、これはもう信用として磐石《ばんじゃく》である。しかし――。

「そうか、それは残念であるな。ならば代わりの者を探すとするか」

相手の春日も、劉備玄徳ほど器は大きくない。三顧の礼を用いることなく、二顧でもって、引いてしまった。

「……えっ？」

そんなはずではないと、十兵衛の気持ちに焦りが生じる。

「さほど忙しければ、いざというとき折り合いがつかぬこともあろう。別の依頼と重なり、こちらが断られてもなんだ。すぐさま、おぬしのような腕の立つ者を見つけることはできんからな」

春日の言い分に、十兵衛は応じる。

「誰が断ると言いました？」

「ああ、あの言葉ですか。よく覚えておられましたなあ」

「申しわけありませんがと、今しがた言ったではないか」

「つい今しがただ。誰が忘れおろう」

「申しわけありませんがと言ったのはですな、相手と立ち合ったとき、五両というのはあまりにも安いと思いまして。それで、申しわけありませんが、もう少し色をつけてもらえませんかってことですがな」

十兵衛の、咄嗟《とっさ》の言いわけであった。ときたま、忘れたころに上方弁を出す。

「ならば、やはり……と申したのは？」

「それはですな、やはりと言うのは、やはり五両ではお安いと……」

「まったく、欲の皮がつっ張った奴だな」

　春日の顔が、蔑《さげす》みをもって十兵衛に向いた。だが、十兵衛の思いはそうではない。簡単に承諾して企てが露見してはまずい。心の内を見透かされぬための方策なのであった。

「分かった。ならば、警護代として一両。もし、敵の襲撃に遭った際、立ち合って追っ払ったならば五両二分出そう」

「なんですか、その二分ってのは？　ずいぶんと、半端な額を出してこられましたな」

「話は最後まで聞け」

「はぁ……」

「先だっての襲撃で、誰か一人でも捕らえていたら、松島藩士残党の、今後の動きを探り出せたのにそれができなんだ。それでだ、一人でも捕らえてくれたらさらに一両上乗せしようではないか」

「まるで、松竹梅《まつたけうめ》ですな」

「なんだ、その松竹梅ってのは？」

「いや、なんでもありません。分かりましたから、もうそれで手を打ちましょう。あんさんも、商売が上手《じょうず》でおますな」

十兵衛が商《あきな》う陰聞き屋は、依頼人の相談に応じて松・竹・梅と、料金に差をつけている。そんな思いがつい口から出たのだが、春日からの問いには答えるのも面倒と、話を先に進めた。

「あんさんてのは、あなたってことか。ずいぶんと気安い呼ばれ方だが、まあ上方弁とあらば仕方がないか。そんなことより、これで話は成立したな。ならば、少しばかり待っておれ……これ、誰かおらぬか？」

十兵衛に話しかけ、そして春日は襖に向けて大声を発した。

「はっ……」

同時に襖が開き、家臣が顔を出す。

「この者に、五両つかわせよ」

かしこまりましたと言って、家臣は部屋から出ていく。そして間もなく、どこから か五両を調達して戻ってきた。

「ほれ、約束の五両だ。これでいいだろう、もってまいれ」

裸のままの小判を五枚、十兵衛の膝元に差し出される。それをわしづかみにすると、袂《たもと》に入れた。

「ほな、おおきに」

　ここは、上方弁で答える。

「それで、今度のお殿様の外出はいつごろになりますでしょう？

　ここが大事なところである。それに合わせて、仙石紀房討ち取りの手はずを考えなくてはならないのだ。ぐっと口調を押さえて訊いた。

「今はその予定がない。忍びのお出かけがあったら、その二日前にも知らせるとしよう。住まいはたしか、芝露月町《ろげつちょう》の裏長屋治兵衛店《じへえだな》であったな？」

「はい。村田さんたちがようくご存じで。それで、今しがた二日前とおっしゃいましたな？」

「左様に言ったが、何か？」

「そんな際《きわ》にならんと、分からんのでしょうか？」

　たった二日では、策も練ることができない。そんな憂いを顔に出し、十兵衛は口をついた。

　――いかん、顔に出てしまったか。

　だが、春日に疑う素振りはまったくなく、十兵衛は内心ほっとする。

「いや、分かっておるが、そんなに早く知らせても仕方あるまい。殿の外出は秘密裏なのでな、あまり情報を外には出したくないのだ」

「それは、もっともですな。ですが、こちらにも予定というものがあるさかい……」

たった二日では、襲撃の手はずがつけられない。せめて、五日あればと十兵衛は考えている。

「五日前までには、分からんでしょうか？　それでしたら、入っている仕事を断ってもこちらに出向きます。相手もお得意さんですし、急に断るのも……」

「よし、おぬしの言い分も一理ある。五日前までには知らせるとしよう」

「おおきに、助かります」

上方弁での礼を忘れず、十兵衛は大きく頭を下げた。このとき十兵衛は思っていた。この大諸藩御用人である春日八衛門は、われらの味方ではないのかと。ずいぶんと、自らの君主である仙石紀房討ち取りに加担をしてくれると、ふと十兵衛はほくそ笑んだ。

「何がおかしいのだ？」

ほくそ笑んだ表情が、春日に伝わる。

――いかんいかん、気をつけねば。

「いいえ、ぎょうさんお聞き届けいただきありがたいと思いまして……」

「左様であったか。それにしても上方弁というのは耳に馴染《なじ》まぬな。分からぬ言葉がたくさん出てきよる」

　――それもそうだろうよ、出鱈目《でたらめ》なんだから。

　と、十兵衛はほくそ笑む思いとなったが、顔は引き締まるものとなった。

「それでは、これにて……」

　懐には鰯が三枚入っている。五両は袂にしまってある。ここが潮どきと、十兵衛は暇《いとま》を告げた。

「お殿様の外出が決まりましたならば、お報せくださいな」

　これで、おおよその用件は済んだと、十兵衛は春日より先に立ち上がった。摂津《せっつ》の刀工丹波守《たんばのかみ》吉道《よしみち》作の大刀を手にして、座る春日に向けて大きく頭を下げた。

「ほな、さいなら」

　と言い残し、十兵衛は御用部屋をあとにした。

三

　これで大諸藩とのつなぎは、引きつづき取れた。

十兵衛の気持ちは、春の青空の如く晴れやかであった。早く芝源助町の煮売り茶屋『うまか膳』に行って、五郎蔵と菜月、そして猫目にも伝えたい。

大諸藩江戸藩邸を出て汐留橋《しおどめばし》を渡ろうとしたところで、真昼間の正午を報せる鐘の音が、増上寺のほうから南風に乗って聞こえてきた。

「……もう昼か。腹が減ったな」

懐の中から鰑の生臭い匂いが漂ってくる。それがさらに空腹を刺激する。

「……塩辛い焼き鮭ご膳だったな」

うまか膳に行って、それを注文するのが十兵衛の考えであった。『塩辛い焼き鮭ご膳』と言えば、緊急の話があると通じる。四人だけに分かる符丁《ふちょう》である。どこに、大諸藩や飯森藩の目があるか分からない。そんな警戒から言葉には気を使う。

「さてと、早くまいるとするか」

独《ひと》り言に上方弁はない。十兵衛は、足を速めて汐留橋を渡った。三角屋敷と芝新町の間を通る小道に入り、忠臣蔵に縁のある脇坂淡路守《わきさかあわじのかみ》の上屋敷の辻を曲がろうとしたときであった。

町屋と武家地の間である。東海道にも通じる目抜き通りに近いとあって、人通りも多い。その一角に、人が集《たか》っている。

「何ごとだろうか？」

十兵衛は近寄るが、幾重にも囲う野次馬の頭に遮《さえぎ》られて中の様子が分からない。

「中で何をやっているのです？」

最後列にいる上背が三寸低い男に、十兵衛は訊いた。

「さあ……？　あなた、背が高いのだから見えたら教えてくださいな」

大道芸であれば、笑いか何かが起きるはずだ。だが、野次馬からの声はない。やがて、聞こえてきた声で十兵衛には何があったか、おおよそのことは察しがついた。

「そこに直れと言っておるだろうが。無礼討《ぶれいう》ちにしてくれん」

武士が、町人か誰かをいたぶっているのだろう。野次馬から声がないのは、固唾《かたず》を呑んで見ているからと十兵衛は取った。

無礼討ちと聞けば穏やかでない。多分に威《おど》しもあるだろうが、本気とあらば、刀を振り下ろすことも考えられる。

「……誰も止める者はおらんのか？」

一刻も猶予がならぬと、十兵衛は呟く。

「おれたちを、誰だと思ってやがる」

威すほうは一人ではなさそうだ。先とは別の声音《こわね》が聞こえてきた。

「謝ったとて、勘弁ならぬぞ」

またも、違った声音である。少なくても、三人はいるようだ。

「うわっ」

と、一斉に声が上がったのは中の様子を見ている野次馬たちからであった。

「抜きやがった」

野次馬たちが驚いたのは、侍たちが刀を抜いたからだ。

「……まずい。ここは拙者が行かねば」

十兵衛は群衆を掻き分け、中へと入っていった。

「ちょっとどいて……」

囲う野次馬は、ほとんどが町人たちである。侍が刀を振り上げ、まさにそれを振り下ろさんとしているところと、十兵衛には想像ができた。それを阻止する者は、野次馬の中にはいない。理由はともあれ、群衆の面前で人一人が殺されようとしている。

十兵衛は焦《あせ》りながら、さらに先へと進む。

「何をするんだい？　いやらしいったらないね」

――ピシャッ。

途中、女の尻を触ったか、十兵衛は手の甲をひっ叩《ぱた》かれ、小気味よい音が鳴った。

ようやく中の様子が見渡せるところに、十兵衛はたどり着いた。

「おう、やはり……」

侍たちは、予想どおり三人であった。そして、侍に段平《だんびら》をかまえられ、地べたに腰を抜かしたように倒れ込んでいるのは、女三人であった。顔が向こうを向いているので、女たちの様子はうかがえない。だが、侍たちの表情は十兵衛からも見て取れた。

三十歳前後の、幾分顔を赤らめた侍たちであった。だが、なかなか三人とも男前である。小袖の上に紋付き羽織をかぶせ、平袴を穿《は》いているところは、どこかの家中《かちゅう》の者のように見える。

「拙者らを…………と知っての無礼か？」

……としたところは、何を言っているのか十兵衛にも聞き取れない。

「ならば望みどおりにしてやろうではないか。なあ、中居《なかい》さん……」

「おい、ここで名を出すのではない。木村《きむら》」

「言ってしまったものは仕方なかろう。稲垣《いながき》……」

おのずと三人の姓は知れた。だが、どこの家中かは不明であった。

「この女たちを始末せん。一人が一人、片づけようではないか」

中居と呼ばれた男が、こめかみに癇癪《かんしゃく》筋を浮かべて言う。

何があったか分からぬが、相当な剣幕である。おそらく、それだけのことを女たちはしでかしたのだろうが、理由は不明であった。今の十兵衛は成り行きを見やり、いざというときの心構えだけはしていた。

「そういたしましょうか」

中でも一番男前の木村が答えて、手にもつ刀を上段に構えた。女たち三人は観念したか、両手を合わせて拝む恰好であった。

「稲垣はこの娘。木村は真ん中の女……おれは、この婆《ばば》あだ」

主導者であろうか、中居と呼ばれた男が剣幕あらわに仲間二人を煽《あお》った。周りを取り囲む野次馬は、まったく目に入らないようだ。

「いっせいのせいで、討ち果たすからな。よし、構えろ」

中居が指示する。三人がもつ大刀の切っ先が天を向いた。

「いっせいの……」

せいと、中居が断を下す寸前であった。

十兵衛は、三人の顔面を目がけ、拾った小石を投げた。一人目は狙ったとおりに額に当たり、二人目は刀を振り上げた二の腕あたりに当たる。そして、もう一人は目の前をかすめて石が飛んでいき、うしろにいる野次馬の顔面を直撃した。

「いかん、しくじったか」

十兵衛がしくじりを悔やむも、投石の効果はあった。

「何奴だ？」

三人の侍の殺気は、女たちから十兵衛に向いた。

「こんな往来の真ん中で、女たち相手に……おや？」

野次馬の中に、十兵衛の見知った顔があった。四角い顔に、厳しい表情は数日前に会ったばかりの男であった。

「……大諸藩の村田」

が見ているとあれば、上方弁を少しでも入れなくてはならない。面倒だと思ったものの、仕方がない。

「女たち相手に、何してなはる？」

「何してなはるなんて、どこの言葉だ？」

中居が十兵衛に問い返す。

「そんなこと、よろしいであろう。段平をかざして、おだやかじゃないな」

「うるせい。なんだか変な野郎だな。おい、こいつからやってしまおう」

中居が悪態を言い放ち、三人の刀が十兵衛に向いた。

怖がる女たちを斬ろうとしていた輩《やから》である。腕はたいしたことはないと思っていたが、案の定であった。その構えから、十兵衛には相手の力量が知れた。

「……ならば、これでよし」

十兵衛は刀で相対することなく、懐にしまった鰯三枚を取り出し得物《えもの》とした。足と胴の付け根をもち、鰯の先を侍たちに向ける。

「……剣先烏賊《けんさきいか》とはよく言ったものだ」

つまらぬ戯言《ざれごと》が口をつく余裕が、十兵衛にはあった。

「そんなもので、おれたちと相対すというのか？　見くびられたものだ。おい、木村と稲垣、いくぜ」

言うが早いか、中居が十兵衛目がけて刃を振り下ろす。十兵衛は、三寸体を避けて、物打ちを躱《かわ》した。たたらを踏んでつんのめる中居の顔面を、鰯の平面で思いっきりひっ叩たくと、ピシャリと小気味よい音が周囲に鳴り渡る。

「当たりめー！」

との洒落《しゃれ》が、野次馬の誰からともなく上がった。

「これでも咥《くわ》えていろ」

十兵衛はそう言うと、開いた中居の口の中に、鰯を一枚剣先のほうから差し込んだ。

鰑の先が咽喉仏に届いたか『ウゲッ』と、中居が噯気《あいき》を吐いた。

「ざまあ、ねえな」

野次馬の中で、歓声が湧き上がる。

「ふぁふぇぇふぉふぉ……」

鰑を咥えて言うものだから、何を喋っているのか分からない。ただ、中居の両手が木村と稲垣をけしかける仕草であった。

「早いとこやっちまえと言いたいの……でおますな」

まだ村田が見ている。十兵衛の言葉は途中から上方弁となった。

鰑一枚ずつ両手にもち、木村と稲垣に立ち向かう。構えは二刀流であった。

「えい、やぁー」

まずは、木村が袈裟懸けに斬り込んできた。十兵衛は体をうしろに反らしながら、右手にもつ鰑で木村の顔を目がけて一閃を放った。鰑の縁は固くて鋭い。木村の端正な面に、一閃の筋ができた。やがて、頰に刻まれた筋から血が滴り落ちる。

「あっ、やりやがったな」

痛む頰に手をあてると、血が指につく。自慢の顔を傷つけられた木村に、十兵衛に抗《あらが》う気持ちはなくなったようだ。

木村の頬から血が流れるの見て、稲垣は戦闘意欲を無くしたか、刀を鞘《さや》に収めた。ほかの二人も気落ちがしたか、それ以上抗う気持ちは失せたようだ。やはり、刀が鞘に収まっている。勝負がついたのをいつまでも見ていても仕方ないと、野次馬たちはすでに散らばって道は開けている。大諸藩の村田もいつの間にかいなくなっていた。

四

公衆の面前で恥をかかされた三人の侍たちは、どういうわけかまだつっ立っている。普通なら『覚えてろよ』などと、捨て台詞《ぜりふ》を吐いて一目散に消え失せるのだろうがそうではない。

「鰑を返してくれ」

十兵衛は中居が咥えた鰑をふんだくると、三枚重ねて懐にしまった。

「何があったか知らんが、お内儀《ないぎ》さん方もう安心だ」

村田がいないので、十兵衛は普段の言葉に戻せる。本来の口調で言いながら、十兵衛が振り向くと、今しがたまで地べたに座っていた女三人がいなくなっている。

「あれ？　おらんな。礼ぐらい言ってくれても……」

十兵衛が小首を傾《かし》げて、ぶつぶつと言ってる先で中居の声が聞こえてきた。

「くそっ、逃げられてしまった」

「どうしますか、中居さん？」

悔しがる中居に、頬に鰯の剣先で傷をつけた木村が問うた。

「こ奴が邪魔立てをしたものだから……」

苦渋の顔をして、稲垣が十兵衛をにらみつけた。三人の様子を見ていると、どうも変である。十兵衛を恐れるどころか、恨めし気な目で見やっている。

「邪魔立てって、女三人が殺されるのを、黙って見ているわけにはいかんだろう」

どうも立場がおかしいと、十兵衛は三人を見返しながら言った。

「そうは言っても、余計なことをしてくれたものだ」

「弱った。こうとなっては、藩邸に戻るわけにもいかんですな」

中居と稲垣の言葉に事情を感じた十兵衛は、またも首を捻《ひね》った。そして、上役と思える中居に問う。

「余計なことって、拙者が何か……？」

「ああ、そうだ。あの女どもは掏《す》りの仲間なのだ」

中居が吐き捨てるように言う。

「掏りってのは、巾着切《きんちゃっきり》の……？」

ここに来てようやく、かすかに事情が呑み込めてきた十兵衛であった。だが、いくら事情があろうが、公衆の面前で殺生はやはりならぬ。

「何を盗られたか知らんが……」

十兵衛がふと中居の肩越しを見ると、いなくなったと思った大諸藩の村田がまだいた。五間ほど先から、十兵衛の様子をうかがっている。これには十兵衛もいささか気がめげる。だが、今は三人の侍たちとのやり取りをせねばならない。村田に気を遣いながらも、十兵衛は知らぬ顔をして三人と向かい合った。

「他人《ひと》前で人殺しはいかんでおますな」

村田を気にして、にわかに上方弁に戻す。

「急に変な言葉になるようだが、どうして……？」

中居が口調の変わる十兵衛に問うた。

「余計なことは、訊かないでもらえますか」

こんなところでも、喋りづらい言葉を使わなくてはならない。

「身共《みども》たちは、女たちを斬り殺そうなんて気は毛頭《もうとう》もなかったぞ」

「だったら、刀を振り上げて『いっせいのせ』なんて、かけ声をかけたのはなんでやねん？」

「どうしてだって、訊きたいのか？」

「そう……」

「あれは、単なる威嚇よ。『いっせいの……』までは言うが『せ』までは言わぬつもりであった。あそこまですれば、きっと返してくれるであろうと思ってな」

「返してくれるってのは、どういう意味で？」

中居の肩越しに、村田は見えない。もう引き上げたと思い、十兵衛の言葉は普段に戻った。

「あの女たちが、拙者の懐から盗んだ千両よ」

木村が口にする。

「なんですっておます、千両ですって！　ということは……」

「そうよ、あの女たちは掏りの仲間だったのだ」

「それにしても、千両なんて金が懐に入るのですかいな？」

金額の多さに驚いたものの、急に口調が変わったのは、村田の顔が目に入ったからだ。いたりいなくなったり、どちらかにしてくれと、十兵衛は心の中で呟く。

「千両の金など、懐には入らんでしょ。千両箱を背負って歩くのも、けっこう目立つものだし……その千両というは振出《ふりだ》し手形という書付けに書かれた額のことで、それをこれから両替商にもって行って預けるところであったのだ。木村一人で両替商に行かせるのは心もとないと、拙者らも一緒について来たのだ」

中居の言葉に、傍《かたわ》らに立つ木村ががっかりとしている。役目を果たせなかった悔しさが、態度に滲み出ていた。

「千両の振出し手形を取り返そうと、女たちを……」

余計なことをしたのかなと思う、十兵衛であった。

「左様。それなのに、余計な手出しをしおって」

十兵衛を詰《なじ》ったのは、稲垣であった。

しかし、ここは謝っていいのかどうか、十兵衛には判断がつきかねた。

「ならばお訊きしますけど、どうして酒など呑んでおられましたのや？」

「こちらからも訊くが、なんでそんなに言葉がくるくると変わるのだ？」

「すいません。ちょっと事情がありまして、そこは訊かないことにしてくれませんか」

中居の問いに、小声で答える十兵衛は言葉を戻した。十兵衛にも引け目があり、しかも相手は年上である。言葉つきが丁寧なものとなった。

「事情は分からんが、そんなことはどうでもいい。それで、今しがた酒を呑んでと言ってたが、拙者らは一滴も呑んじゃおらん」

「ですが顔が赤くなって、呂律《ろれつ》が回らんとあっては……？」

「そりゃ誰だって大事なものを盗られりゃ、怒りで顔が赤くなり、焦りで口が回らなくもなるだろうよ」

中居の言葉に、なるほどと十兵衛も得心《とくしん》をする。

「だったら、なんで『無礼者』などと言いました？　そないだと、女たちのわずかばかりの粗相に、難癖をつけてるとしか思えまへんやろ」

声音を大きくした分、村田の耳に入ると思い十兵衛は上方弁を使う。

「千両も懐から盗ったんだ。無礼でなくてなんであろう。あんただって、その暑苦しい着物の懐から、その生臭い鰑を掏られたら無礼者って怒るでしょうよ」

「まあ、そりゃそうでおますけど……」

これである程度の経緯は分かった。千両の振出し手形を女掏りたちに盗まれ、ようやく捕まえたものの女たちは黙して返却しようとはしない。脅し賺《すか》してなんとか返してもらおうと試みていたところに、十兵衛が飛礫《つぶて》を放ったのであった。

巾着切の女たちは、隙をついてすでに逃げてしまっている。さすが、すばしっこい奴らと十兵衛は感心をするも口には出さないでいた。

「これでは、藩邸に戻ることはできません」

涙声で訴えた木村は、その場にしゃがみ込むと片肌を脱いだ。そして、二本差しの小刀を鞘から抜くと刃に懐紙を巻いた。その仕草で、何をしようとしているかが分かる。

「馬鹿な真似をするのはよせ！」

自決しようかとの木村の振る舞いを、中居が慌てて止めた。

「木村が自決したら、拙者らも一緒に腹を召さんとならんのだぞ。そんなの、痛くていやだ」

稲垣が、命惜しさに言う。

「稲垣の言うとおりだ。ここは三人して、策を練ろうぞ」

「しかし、振出し手形がなければどうにもならん。我らが両替商に行って、差し止めることもできんし……」

両替商のほうから藩邸に話が伝わることを、中居は懸念していた。

中居と木村と稲垣のやり取りを、十兵衛は黙って聞いている。

すでに正午を報せる鐘が鳴って、四半刻《しはんとき》が過ぎようとしている。お天道《てんと》様は、真南あたりにあった。その間、ずっと往来での立ち話である。

事情を知らぬとはいえ、十兵衛の介入が腹を召さねばならないほどに、三人を窮地に追い込んだ。ここは『陰聞き屋』の仕事として、なんとかしてやろうと十兵衛は思い至った。

「あのう……」

悲嘆にくれる三人の誰にともなく十兵衛は話しかけた。

「なんだ？　元はといえば、あんたが……」

「よせ、稲垣。この人を責めても詮《せん》ない。それに、悪気があってやったことでないからな。拙者らの言動を思い出してみれば、この人が手を出してくるのも無理からんことだ」

若干年上に見える中居は、上輩《じょうはい》でもあるのか二人よりかは幾分冷静であった。そんな中居に十兵衛は問う。

「ところで訊きますが、千両もの振出し手形を盗まれ、どうして両替商にすぐに奔《はし》らないのですか？　その間にも換金されたら……」

十兵衛も、武蔵野屋の堀衛門とつき合うようになってから、振出し手形がどういうものかの知識ぐらいはある。

「いや、換金される心配は無用だ。ここに、藩の印《いん》があるからな。こいつがないと、誰も換金はできん。それに、巾着切のほうだって両替商へはのこのこ行けないだろう」

振出し手形を金に換える際に必要な印は、中居がもっている。それと、すぐに両替商に奔らないのにはもう一つ理由《わけ》があった。

「この失態は、両替商を通じて藩のほうに届けが出ます。そうとなったら、拙者らは……」

中居は自分の腹に手をあてると、それを横に引いた。切腹の意味を表す。こんな大それた失態は、即切腹と自分たちで決めつける。

「そんなことで、両替商にも行くことができないのですよ」

どうにもできないもどかしさが、三人の表情に表れている。

「他人が振出し手形なんてもってたって、紙屑《かみくず》同然なのにな。なんで、返してくれんのだ？」

木村が嘆き口調で言う。

「それはな、口が裂けても自分らは巾着切だとは言えないからだろうなあ」

十兵衛が、女掏りたちを代弁するように言った。

「なるほど、一理ある。ところで今しがた、あのうとか言って声をかけられたが、どうかされたか？」

中居が十兵衛に問う。

「腹が空きませんか？　となれば、ここは一番落ち着きが肝要。めしでも食って……」

もう、どこを見ても村田はいない。なぜに監視をしていたと、十兵衛は気になるものの言葉を戻した。

「そういえば空いたな。腹っぺりではいい考えも浮かばん」

そうですなと言って、二人は中居に従う。

「でしたら、旨い塩鮭定食を食わしてくれるところがあるので、一緒に行きませんか？」

十兵衛が、三人の侍をうまか膳に誘った。陰聞き屋の仕事として三人と話がしたいのと、早くうまか膳に戻りたかったからだ。

そこからおよそ三町の道を歩き、四人はうまか膳の店先に立った。

縄暖簾《なわのれん》を潜《くぐ》って、十兵衛が先に入る。

「いらっしゃい、毎度……」

明るい声を出して迎えたのは、菜月であった。その口調は、十兵衛をお頭《かしら》としてでなく、あくまでもなじみ客としてのものであった。十兵衛との本来のかかわりを、他人には知られたくなかったからだ。

その十兵衛が三人の客を連れてきている。むろん、そんな理由《わけ》を菜月は問うたりはしない。

店の中を見渡すと、生憎《あいにく》席は一杯である。昼どきで、職人たちが占領していた。

「席がないんじゃ、よそに行こうか」

と言って十兵衛は引き返す素振りをした。十兵衛が他人を連れてくるのは、今までなかったことだ。それも侍が三人、みな菜月好みのいい男である。

「……蛇似頭《じゃにず》組のお方たちかしら?」

今、日本橋あたりの見世物小屋で、唄や踊りやらで若い娘たちを虜《とりこ》にしている男たちの、悍《おぞ》ましい名の集団があった。菜月は一度だけ、その小屋に黙って隠れていったことがある。それになぞらえて、菜月が呟いた。

「お客さん……」

出ていこうとする十兵衛たちを、菜月は引き止める。むろん十兵衛に理由《わけ》を感じたからであるが、それを悟られないために菜月は言葉を変えた。

「せっかくいい男が来たのですもの、席を作りますわ。親方、お侍さんたちに特別お二階よろしいですか？」

と、板場にいる五郎蔵に菜月が声をかけた。設定は義理の父親であるが、お父っつぁんとは呼びづらい。

「ああ、特別だぞ」

姿を見せずに、五郎蔵から声だけが返った。

「すまないな、なっちゃん……」

ここは馴染みらしいところを十兵衛は見せる。極自然なやり取りであった。

菜月に案内されて、十兵衛たちは二階へと行く。そこは菜月の部屋であったが、それらしき家具調度品は一切《いっさい》なく、座卓一基が壁に寄りかかっているだけだ。菜月のものは、襖一枚隣の納戸《なんど》にしまってある。

座卓を部屋の真ん中に置くと、菜月は注文を取った。

「塩辛い焼き鮭ご膳だな」

十兵衛が最初に言って、三人がそれに倣《なら》う。

「かしこまりした。塩辛い焼き鮭ご膳が四人前ですね？」

「ああ、そうだ。よろしく頼むぞ」

塩辛い焼き鮭ご膳と言えば、緊急の話があるとの符丁である。そこは菜月も心得て、小さくうなずきを返した。

五

菜月が部屋から出ると、十兵衛は三人と向かい合った。

「おおよそのご事情は分かりました」

さっそく十兵衛は切り出しながらも、懐に入っている鰑三枚を取り出した。

「腹の中が、生臭くなっている」

不快な表情で、十兵衛は言った。すると、三人の侍の顔が鰑に集中している。

「その鰑……」

「ああ、あのときあなた方と相対したときの得物ですよ。どうです、旨かったですか？」

剣先から口の中につっ込まれた中居に、十兵衛は訊いた。陰聞き屋の顧客にしようと、言葉もさらに丁寧なものとなった。

「旨いわけないですが、あなたさん……そうだ、名を聞いてなかったですな」

「そうでした。拙者は菅生十兵衛と申しまする。お見知りおきを」

「左様でしたか、十兵衛殿……道理で、絵草紙で見た柳生十兵衛そっくりの恰好だと思いましたよ。腕も立つわけだ」

ここまでくると、中居の言葉も親しみがこもったものとなってきている。千両の振出し手形のことは、焦っても仕方がないとの思いからか話は別のことから入った。

「まったくですなあ、中居さん」

「敵《かな》わぬわけです。身共など、鰯で斬られたのですぞ」

端正な顔に、一筋の傷をつけた木村が言った。

「ところで、十兵衛殿。その鰯はどちらで手に入れました?」

中居の問いに、おかしいことを訊くなと十兵衛は思った。

「この鰯が何か?」

「どうだ、この鰯はもしや……?」

十兵衛の問いには答えず、中居は木村と稲垣に顔を向けた。

「これはわが国元で獲れた剣先烏賊を干したもののようで……」

木村の話が、十兵衛の耳に入る。

「中居殿たちは、いったいどちらの藩のお方なので？」

「拙者たちは、越後は高山藩の者で江戸詰めの者たちだ」

「……越後高山藩？」

つい朝方聞いた藩名である。その名は、十兵衛の頭の中にも残っていた。幾分驚くものの、そこは忍びの頭領である。気持ちの裏を隠すことはできる。こんなことから、大諸藩とのかかわりを知られてはならぬと十兵衛は思ったからだ。

「わが藩をご存じですかな？」

十兵衛の呟きが聞こえたか、中居が問うた。

「その名ぐらいは……」

知っていると、十兵衛は口を濁す。

「この鯣は剣先烏賊でありまして、海深くでなくては獲れない烏賊なのです」

中居が鯣の薀蓄《うんちく》を話しはじめた。本来ならば、そんな知識はどうでもいいことであるが、大諸藩とのかかわりがある。十兵衛は黙って、中居の話に耳を傾けた。

「本来鯣というのは鯣烏賊が使われ、剣先烏賊を鯣にするところはまれです。よく見ると、この干し方にわが藩で作った鯣であることが分かりまする」

「どこですか？」

鯣一枚を広げて、十兵衛は見やっている。

「この、一際《ひときわ》長い腕があるでしょ。これは蝕腕《しょくわん》と呼ばれるもので、先っぽに吸盤がたくさんついている……」

そんなことはどうだっていい。焦れた十兵衛は、話を先へと促す。

「この鯣が、越後の浜で作られたのは分かりました。それで……？」

「そんなわけで、剣先烏賊は貴重な食材でして、かなり高価なものであります」

中居の言葉は、何がいいたいのか分からない。だが、すぐにそのわけは次の言葉によって十兵衛にも知ることができた。

「十兵衛殿は、もしや信州の大諸藩か飯森藩と何かかかわりがおありでは？」

ここで、皆川弾正の飯森藩が出てきて十兵衛の心の臓が、一つ鼓動を打った。

「いかがして、そんなことを訊かれまする？」

「滅多にない、わが藩の鯣をもっていたからですよ」

中居の問いに、十兵衛はどこまで話していいのか考えた。迂闊《うかつ》には他人に話してはいけないことだ。しかも、敵対する藩主と懇意にしている藩の家臣たちである。敵の味方は敵である。だが、この三人あながち悪い男とは見受けられぬ。そこで十兵衛は、差し障りのない虚言をつくことにした。

「拙者の稼業は陰聞き屋と言うものでしてな……」

「陰聞き屋とは……？」

訊きなれない言葉だと、中居は問うた。

「それはですな……」

十兵衛は、陰聞き屋がなんたるかを詳しく説いた。そして、話をつづける。

「蛇のお嫌いな、大諸藩のご藩主様から青大将駆除の依頼がまいりまして、手下の者が退治をしたという次第で。その礼として、いただいたものです」

「左様でしたか」

これで、得心してくれると思った十兵衛は、三人の端正な顔に歪みがあるのを見て怪訝《けげん》に思った。

「この鰑に、何かございましたか？」

「いや、なんでもござらぬが……」

中居の含むもの言いが、十兵衛には気になる。

「これは、由々《ゆゆ》しきことですな。中居さん……」

稲垣のもの言いが、さらに十兵衛の気持ちをめげさせる。

――由々しきことっていったいなんだ？

鰯のたった三枚がそんなに大事なことなのかと、十兵衛は自問をする。

「殿が知ったら……」

越後高山藩の藩主は松平清久と十兵衛は聞いている。その藩主と仙石紀房は懇意にしているという。

「やはり、このことはここにいる、三人だけの秘密にしておこうぞ」

中居が、木村と稲垣に向かって説く。

「ですが、十兵衛殿が……」

木村の言葉で、三人の顔が十兵衛に向く。

――そんなひそひそ話などしなければ、鰯三枚のことなどすぐに忘れるというのに……。

余計に気になってしまったと、十兵衛の心の内であった。だが、深追いも禁物だ。

ここはさりげなく流そうと、十兵衛は思った。

「いや、拙者は何も言いませんぞ。何も……」

両手を振って、十兵衛は忌憚《きたん》のない心内を示した。それにしても、鰯三枚の意味に何があるのだろうと、その疑問だけは十兵衛の心根に宿る。それが、今後の十兵衛たちの本懐に、影響があるかどうかが気にかかる十兵衛であった。

鰯の話でときを費やす。

「お待ちどおさまでした」

菜月の声が、障子越しに聞こえてきた。どうやら焼き鮭ご膳が出来上がったらしい。それを潮にして、鰯の話題は切り変わる。

一人で四人分は持ち切れないと、五郎蔵もめしの入ったお櫃《ひつ》と丼《どんぶり》を抱えてもってきた。菜月は塩鮭の切り身四枚と、小皿を盆に載せている。

座卓の上に、それらが配膳される。そのとき菜月は、ちらりと十兵衛の顔を見ると、愛想笑いを浮かべている。女好きの助平そうな客が、よく菜月に向ける面相と同じものであった。

「よくこちらにはこられるのですかな、十兵衛殿は？」

十兵衛の表情を、向かいに座る中居もとらえていた。

「ここの塩鮭ご膳は旨いですからな、塩が利いていて。ですが、血の圧にいけないので、たまにということにしてます」

当たり障りのない返事は、五郎蔵と菜月の耳にも入った。

「今、おみおつけをもってまいりますから」

と言い残し、五郎蔵と菜月は階下へと下りていく。

「いったい何者なんだ、あの侍たちは……？」

階段を下りて、五郎蔵が菜月に問う。

「さあ……でも、いい男たち」

うっとりとした様子で菜月は返す。

階上では、四人が塩鮭ご膳にありついている。

「それにしても、塩辛いですな」

塩が吹き出た鮭の切り身をほぐし、一口食した中居が顔をしかめて言った。

「そこが旨いのです。めしも進むでしょう」

うまか膳の塩鮭は一際《ひときわ》塩辛く作ってある。五郎蔵が、塩鮭にさらにたっぷりと塩を絡ませて焼いたものだからである。それでも、この日はとりわけ塩辛い。

――五郎蔵の奴、ここまでしょっぱくしなくても。

と十兵衛は思うものの、我慢をして顔は旨そうにしている。

「これでは血の圧も上がりますな」

皆、三分の一ほどを残して箸を置いた。すでにお櫃の中は空になっている。相当にごはんが進む塩鮭であった。

そこに、菜月がおみおつけを運んでくる。

「お待ちどうさまでした。おみおつけでございます」

汁椀に青菜が浮かんだ、赤味噌仕立てのおみおつけであった。

「おなっちゃん、もう食事は済んだから、おみおつけはいいや。ちょっと話をするんで、この部屋をしばらく使わせてもらうよ」

「十兵衛殿、お茶を所望してくれんか」

中居の言葉は、菜月にも聞こえる。かしこまりましたと言って、菜月はもってきたおみおつけごと、下がっていった。

六

鯣のことから、話は本題へと切り替わる。

切腹も覚悟をせねばならぬほどの重要なことが、鯣のことに気を取られ、あと回しとなってしまった。

「拙者が余計なことをしたばかりに、千両の振出し手形をみすみす掏りに奪われてしまった。なんと申してよいか……」

すまぬと言って、とりあえず十兵衛は頭を下げた。そして、頭をもち上げ話をつづける。

「そこでです。その千両の振出し手形を取り戻す算段を、陰聞き屋の仕事としてやらせていただけないかと。まあ、これもお詫びの印として、格安で……」

巾着切を逃がしたのは、自分の落ち度とは思うものの、仕事とあれば代金を請求せねばならない。

「あの女たちから、千両の振出し手形を取り返してくれると言われるのか？」

千両の振出し手形を懐から奪われ、いっとき自害も覚悟した木村が膝を乗り出して訊いた。

「左様……」

十兵衛が腕を組み、目を瞑《つむ》ってうなずく。その様に威厳をもたせたものの、頭の中は巾着切を捕まえる自信がない。どのようにして捜し出すか、そのことで一杯であった。

「それで、いかほど料金がかかるのですかな？　今、格安でと申されましたけど

「……」

十兵衛は、松竹梅の料金体系をまずは説いた。

「この場合、梅ですと巾着切の隠れ家をつき止め、あとは皆さんでもって千両の振出し手形を取り返す。そうですなあ、それですと一両ってところでいかがです？　本来、そこまですれば二両いただくことになるのですが、格安にして半額ということで」

本来、梅の料金は大方が一両である。十兵衛は元値に鯖《さば》を読んだ。

ちなみに竹だと、巾着切を見つけ出し取り戻すのは当人たち。十兵衛はその助っ人として加担する。そして松は、十兵衛の手で千両の振出し手形を取り戻す。

「だが、見つけられない場合はいかがする？」

中居が問う。

「むろん、代金はいただきません。何もできずに、代金だけ取ろうなんて不埒《ふらち》なことはいたしませんよ」

良心的であることを、十兵衛は強調する。

「このままにしておいたら、どのみち千両の振出し手形は戻ってこないでしょう。そうだ、肝心なことを忘れてました。その千両の振出し手形というのは、いつまでに……？」

訊いていて十兵衛はふと思った。答を聞くまでもなく、切羽詰っていることに違いないのだと。

「今すぐにでも、取り返してもらいたいのはやまやまですが、それは無理でしょう。千両の振出し手形が奪われたのさえ知られなければ、そうですね五日が限度ですか」

千両もの大きな額での換金は、五日ぐらい遅れるのはままあることだと木村は説く。それが過ぎると、遅れの言いわけは利かないと言葉を添えた。

「……五日か」

十兵衛は呟き、頭の中に思いを巡らす。五日の内に、巾着切の隠れ家をつき止めなければならない。できるようなできないような、微妙な時限であった。

「われわれは一度藩邸に戻ると、そのためにときは使えませんし。ここは十兵衛殿に、よろしく頼みまする。ならば、松の代金でお願いしたい」

中居が、木村の代わりとなって言った。後輩思いのよい上輩であると、十兵衛は中居に感心する。

「中居様の配下を想う気持ちに感服しました。お幾らでもよろしいですぞ」

顧客とならば、敬称も変える。相手の言い値に任せると、見得を切った。

「今しがた配下と申されたが、われらは同じ役職でありますぞ。ただ、拙者が齢《とし》が上なので多少崇《あが》められているだけです」

中居が十兵衛の勘違いを指摘する。齢の序列が、中居を主導者にさせていたのであった。

十兵衛にしてみたら、今さらそんなことはどうでもいい。

「それで、取り戻したあかつきは、どれほど……」

商いのほうが、先決であった。

「われら三人が出せる範囲とすれば、一人二両として、せいぜい六両。松にして六両払いましょう。……それでよいな、木村に稲垣」

「中居さん、身共のために申しわけない。それと、稲垣。おまえにも迷惑をかける」

「いや、いいってことよ。困ったときはお互いさまだ」

木村と稲垣は、まったくの同輩と見える。

「かしこまりました。一切合切《がっさい》六両でお引き受けいたしましょう。ただし……」

「ただし、なんでしょう？」

「相手を捜し出せないときもございますので、あらかじめご承知おきください」

逃げを利かすため、最初に断りを入れておくことも肝心である。

「そんなことを言わずに、ぜひとも捜し出していただきたい。これ、このとおり

「……」

　三人が、土下座の恰好をして畳に伏せた。そのときちょうど襖が開いて、菜月が茶を淹《い》れて運んできた。

　十兵衛に向けて、三人の侍が伏している。その様に、菜月は驚く目を向けた。

「茶は、そこに置いといてくれ。なっちゃん……」

　それを機に、伏せていた三人の頭が上がる。

「むろん、全力を尽くします。だが、それでもといったことがありますので、万一の場合はお覚悟を……」

　真剣に取り組むものの、これだけはいかんともしがたい。武士ならば潔《いさぎよ》い覚悟も必要だと、十兵衛は年上に対して心構えを説いた。

「分かりもうした。すべては十兵衛殿にお任せしましょう。拙者らの命を預けましたので、よしなに頼みいりまする」

　恨めしそうな声音を発して、中居が再び畳に伏す。それに倣って、木村と稲垣も同じ姿勢を取った。

　話がついた四人は、うまか膳から東海道に通じる目抜き通りに出ると、行く手を北と南に別れた。

千両の手形奪還の首尾がどうあれ、五日後にうまか膳で再会して、その結果を十兵衛が語ることになった。この五日の間、高山藩士の三人はおそらく針の筵《むしろ》の上に座らされている心境となろう。ただひたすらに、十兵衛のもたらす朗報を藩邸の中で祈るだけとなった。

三人の侍の姿が消えるまでうしろ姿を見送り、十兵衛は南に道を取ると、すぐに路地を曲がった。裏木戸からうまか膳の敷地に入る。そして、裏の戸口から中に入ると、二階へと上がった。

店の中からでも、裏からでも二階へは行ける。十兵衛は、五郎蔵や菜月とのかかりを世間に知られぬよう、普段はこっそりと裏から二階に上がることにしている。

この日は、塩辛い焼き鮭ご膳の符丁を伝えてある。緊急の話があると、十兵衛は二階の部屋で待つ。今しがたまで、三人の侍といた場所に十兵衛は戻ったのであった。

「……猫目もそろそろ戻ってくるだろう」

猫目は、二十歳になる十兵衛の一番年下の手下であった。住む場所はここの一階で、五郎蔵の部屋で寝泊りしている。

大諸藩では、必ず緊急の話が出るはずだと、それを見越して猫目には、昼八ツになったらうまか膳の二階に来いと告げてある。

昼八ツには幾分間がある。十兵衛は仰向けに寝そべり、天井の節穴を見つめながら朝からのことをなぞっていた。

大諸藩からは再度、藩主仙石紀房が出かける際の警備を依頼された。だが、それがいつだとはまだ分からない。遅くても五日前までには報せてくれると、御用人の春日八衛門は言った。五日の内に、襲撃の手はずを考えることとして、今は目先のことに十兵衛の頭が行った。

「五日か。それで、巾着切を……」

これも五日の内にである。そんな短い期間で、はたして事《こと》を成し遂げられるのかどうかが、十兵衛当面の悩みとなった。

「自分と同じような陰聞き屋がいたら、そちらに頼みたいものだ。そのときは、梅でいいな」

寝転びながら、十兵衛は独《ひと》りごちる。そのとき、いきなり障子戸が開いた。

「なにが梅でいいんですかい？」

十兵衛の独り言は、猫目の耳に入ったようだ。だが、意味までは解《げ》しかねている。

「ああ、猫目か……」

言いながら十兵衛は、寝そべっている体を起こした。

「ご苦労だったな」

十兵衛が労《ねぎら》うも、猫目からの返事はない。

「おや、どうした猫目？」

それを訝《いぶか》しがって、十兵衛は問うた。

「また、お頭《かしら》……いや、十兵衛さん。難題を依頼されてきましたね？」

以前は十兵衛もお頭と呼ばれていたが、今はそれを禁句にしてある。

「お頭って言葉は、絶対口にするなよ」

「へい、すいません。つい……」

十兵衛の咎めに、猫目は素直に謝る。

「それにしても、よく難題というのが分かるな」

「十兵衛さんの、寝そべって上を見つめる恰好は、何か考えているものと。それで、大諸藩はなんと？」

「五郎蔵と菜月が来たらそれはあとで話すが、拙者が今考えていたのはそうではないのだ。陰聞き屋の仕事が入ってな……」

「そいつはいってえ……そうか、それで今しがた梅なんて言ってやしたんですね。あまりの難題に、どこか別に陰聞き屋がいないかと。もしもいたら、そちらに頼みたいなんて思ってたんでしょ。梅の料金を払って……」

猫目に心の内を見透かされたような、十兵衛の心境であった。

「それで、その難題ってのはなんなんです？」

「千両の振出し手形を、五日内に取り返すことだ」

十兵衛は、結論だけを言った。それだけでまず、猫目は目的を理解する。

「どこからです？」

「ふんだくって行った、巾着切からだ」

「巾着切から、千両の振出し手形を奪還する。それが、今度の陰聞き屋としての仕事だというのですね？」

端的《たんてき》な受け答えである。経緯などは、あと回しでいい。

「そのとおりだ」

分かったと言って猫目が動き出せれば、何も悩むことはない。

「巾着切ってのは、どこのどいつなんです？」

そいつが分かれば、誰も苦労はしない。ここからが、難題なのである。まずは、どこの巾着切であるかをつき止めなくてはならない。ここから、十兵衛は事の経緯を語ることになるのだが――。

「大諸藩の帰り道だ……あとは、五郎蔵と菜月が来たら話すことにする」

二度手間になると、十兵衛は言葉を置いた。

今ごろは下で、客が引き上げてからのあと片づけをしているのだろう。二階に集まるのを昼八ツと決めてるのも、その一段落を見込んでのことであった。

そして間もなく、二階に上がる足音が聞こえてきた。

「お待たせしました……」

菜月の声が障子越しに聞こえ、そして五郎蔵が戸を開けた。

四人がそろい、内密の話がはじまる。

七

五郎蔵と菜月が来たからには、先に大諸藩とのことを語らねばならない。

「大諸藩から、再び仙石紀房警護の依頼を受けた」

十兵衛は、端的に結論を言う。それから、春日八衛門と話した内容へと入る。

「……ということなのだ」

春日とのやり取りをすべて語り終え、十兵衛は言葉を置いた。

「それでは、仙石紀房を討ち取る機会は、おのずと向こうからやってきたのですな」

「そういうことだ。おれたちが藩主の命を狙ってるとも知らんでな。笑っちまうぜ」

五郎蔵の言葉に、十兵衛が笑いながら返す。

「ですが、報せがあるのが五日前。それだけの日数で、手はずが整えられますか？」

「整えるのよ」

菜月の問いに、十兵衛の答は一言であった。その後、この手の疑問を差し挟む者はいない。

「それでは、大諸藩主仙石紀房の討ち取りは、次の機会を狙うとしようぞ」

「かしこまりました」

と、五郎蔵、菜月、そして猫目の三人の声がそろった。

「そうだ……」

十兵衛は、思い出したように袂に手を入れるともらった五両を取り出した。

「これが、その五両だ。菜月、しまっといてくれ」

分け合うこともなく、報酬は奥にしまい、必要なだけを引き出すことにしている。その保管を、一番安心できる菜月に任せていた。

「かしこまりました」

五両を受け取ると、菜月は懐にしまった。それを、五郎蔵と猫目が羨ましげに見ている。

「急に大金をもつと、ろくなことがないからな。われわれの結束のためだ、我慢しろ」

「分かってますって……それで、この鯣が謝礼なのですな」

鯣が三枚、座卓の上に置いてある。五郎蔵は、干からびた烏賊を見やりながら言った。

「そうだ。この鯣のことには、触れてなんだな。なんだか、縁のある鯣であってな」

十兵衛の話は、鯣へと移った。

越後高山藩と信州大諸藩のかかわりを説く。

「それでな……」

癖になったか、十兵衛の言葉は上方弁の口調となった。

「陰聞き屋の仕事を引き受けることになったのでっせ。ここでは上方弁はいらなかったな」

まず十兵衛は、猫目に話したことを同じように、五郎蔵と菜月に聞かせた。

「巾着切から、千両の振出し手形を奪還するのが、今度の陰聞き屋の仕事だ」

と、先ほどの猫目の言葉を借りて、十兵衛は説いた。

そして、五郎蔵と菜月、そして猫目に経緯が語られる。

「大諸藩の帰り道だ……」

十兵衛は、野次馬の人だかりを目にしたところから語りはじめた。

「救った三人が女の巾着切で、痛めつけた侍のほうが手形を掏られて災難を被《こうむ》ったのだな」

「その侍というのが、先ほどの塩辛い焼鮭ご膳を食べた、蛇似頭組にもいそうないい男たち……？」

菜月が三人の面相を思い出したか、うっとりとした目つきで言った。

「そうだが菜月、ここにいる三人もいずれ劣らぬいい男だぞ」

焼き餅を妬《や》いたか、十兵衛がどうでもいいことを口にする。

「いい男の、質が違いますから……」

「もういい、菜月。それで、その三人をここに連れてきて、いろいろと話を聞いた。

それでだ……」

鰯で相対したことから、巾着切を捜し出し、千両の振出し手形奪還を六両でもって請け負ったことまでの経緯を一気に語った。

「その猶予が五日というのですか」

猫目が、首を傾げながら呟くように言った。

「どうした、猫目。五日じゃ不服か？」

「短くはないかと……」

「五日もあれば充分だ」

ここでも、十兵衛の答は一声であった。何ごとも、やる前から無理だとは言いたくないのが、十兵衛の考え方であった。

「やってみた上で、駄目なものは仕方がない。そのときは、ごめんと素直に謝ればよいのだ」

心がけはしっかりしたものだと、三人は感心した面持ちで聞いていたが、どうもあとの言葉には、いささか首を捻る思いとなった。

「それと、引き受けたのにはもう一つ理由《わけ》がある」

「その理由というのは……？」

「実はな……」

その侍たちは、鰯とかかわりのある越後高山藩の江戸詰家臣と聞いて、五郎蔵たちの驚く目が互いの顔を見やった。

「それと、もう一つあるぞ。高山藩の藩主は、仙石紀房ばかりでなく皆川弾正とも親しくしているみたいだ」

さらに五郎蔵と菜月、そして猫目の驚く顔が互いを見やる。

「これがいったいどうなるかだな。丁と出るか半と出るか……」

十兵衛は、三人の侍たちとかかわりをもつことにより、それが有利に働くか不利に働くかを、丁半博奕になぞらえて言った。

やる前から、十兵衛は負の考えをもたない性格である。ゆえに、中居たちとのかかわりは有利に働くと取っている。

「そんなんでな、どうしても千両の振出し手形を奪還して、恩を売っておきたいのだ。拙者の考えでは、あの三人ならば味方になってくれると思う」

「なるほど、そんな考えでいたのですか。それなのにおいらは……」

端《はな》から不服を言ったと、猫目が十兵衛に詫びた。

「まあいいさ。拙者だって、五日の間にどうやって手はずをつけようかと、悩んでいたのだ」

「そういえば、ほかにも陰聞き屋がいたら、そっちに……」

「いらぬことは言うな、猫目」

十兵衛の、本心に触れた猫目は幾分気持ちの休まる思いとなった。

「分かりました。おいら、気を引き締めてやりますぜ」

「よし、よく言ってくれた。ならば、手はずはこれを話したあと考えようぞ」

「話したあとってのは？」

十兵衛ならば、三人を前にしてすぐにでも計画を練るはずだ。それが、何かまだ話していないことがありそうだ。

三人の、訝しそうな顔が十兵衛に向いた。

「一つ、気になることがあってな……」

これも、五郎蔵たちの耳に入れておいたほうがいいだろうと、気にかかっていた中居たち三人の相対を思い出していた。

「――この鰯に、何かございましたか？」

と、十兵衛が問うたときの、高山藩士三人の対応であった。

「いや、なんでもござらぬが……」

「これは、由々しきことですな。中居さん……」

「殿が知ったら……」

「やはり、このことはここにいる、三人だけの秘密にしておこうぞ」

三人の、一連のやり取りが、十兵衛の頭の中にひっかかっていたのである。そのあたりのことを、十兵衛は口にする。

「この鯣には、何か曰《いわ》くがありそうですね」

五郎蔵が、鯣を見つめながら腕を組んで考える。

「剣先鯣は高山藩の特産品で、そんじょそこいらの鯣と違って、貴重なものであるらしい。仙石紀房の好物で、たっての望みで贈ったということだ」

十兵衛が話を添える。

「なるほど。ならば、あの侍たちの憂いていることが、分かりましたぜ」

「そうかい、五郎蔵。どういうことだ？」

「せっかく贈った鯣烏賊が、他人の手に渡ったってことですよ」

「欲しいというからあげたのに、それを他人にくれるなんて殿が知ったらどうしましようってことでしょ？」

五郎蔵の話に、菜月が言葉を添えた。

「おそらく、それを知ったら高山藩主の松平清久は面白くないだろうな。気を悪くするはずだ」

「そのことを家臣の三人は憂いたのですよ、きっと」

十兵衛の憶測に、菜月が乗った。

三枚の鶍が思わぬ波紋を広げそうだ。それがよいほうに向いてくれればありがたいと、四人の思いが一致する。

「となれば、これは是が非でも千両の振出し手形を巾着切から、取り返さんといけないな。そして、高山藩の家臣たちを味方につけるのだ」

鶍を元凶とすることによって、大諸藩と高山藩の仲たがいを生じさせる。これが十兵衛たちの抱いた腹案であった。

ただ、藩主同士を不仲にしたところで、どう対処していこうかまではまだ考えるに至っていない。

「まあ、それはおいおい考えるとして、とにかく千両の振出し手形を掏り取った巾着切を捜すことだな」

と、十兵衛が言っても、どこから手をつけてよいのか分からない。手がかりがあるとすれば、三人の女たちの容貌である。

「それで、その女たちってのは、どんな様子の者たちでした？」

探索で歩く猫目が、女掏りの特徴を訊いた。

「あまりというか、ほとんど女たちの顔は覚えていないのだよなあ」

十兵衛が、後頭部に手をあてて申しわけなさそうに言った。

ここで十兵衛が失態を演じたのは、三人の女の顔をさほどよく見ていないということだ。

女たちの背後から声をかけて、しゃしゃり出ていった。そのあとは、中居たち三人との相対がはじまり、その間に女たちはいなくなっていた。

「分かっているのは、一人は十八ぐらいの娘。これは振袖を着ていたな。それと、三十くらいのちょっと色っぽい年増。そしてもう一人は、六十歳にも届くほどの老いた女だ」

十兵衛が知りえているのは、これだけであった。

「妙な取り合わせの三人組ですね。二人はさしずめお嬢さんとおつきの婆やってことになるでしょうが、色っぽい女ってのはなんでしょうかね？」

「そんなの、おれが知ってるわけないじゃないか。まあ、なんか役割があるんだろうよ」

猫目の問いに、十兵衛はそっけなく答えた。

「しかし、千両の振出し手形なんか盗んだって、どうにもならんだろうにな。捨てられてたら、事だぞ」

「そうなったっていたら、お力になれなくてごめんなさいと言って、あの三人には腹を切ってもらうのだな」

五郎蔵の言葉に、十兵衛は緊張する様子もなく平然と応じた。

第二章　十兵衛危うし

一

一刻ほど前に遡《さかのぼ》る。

十兵衛が鯣《するめ》を得物に、高山藩士たちとやり合っていたころである。

「――早いとこやっちまえと言いたいの……でおますな」

中居が剣先鯣を口の中に入れられ喋《しゃべ》るのを、十兵衛が上方《かみがた》弁となって言葉を訳したところであった。

地べたにしゃがみ込んでいた三人の女が、互いに目配せをしてゆっくりと立ち上がった。そして、刀と鯣を得物にして闘っている侍たちを尻目に、そっと野次馬たちを掻き分けた。野次馬のほうも、この隙に早く逃げろと道を開ける。そして、女たちは難なく逃げ果《おお》せた。

北に向かった女三人組は、銀座町まで来たところで逃げる足を止めた。

「ここまで来れば、安心だ。あたしゃ疲れたから、ちょっとその茶屋で休もうかね」

六十歳を前にしたあたりの、一番年嵩《としかさ》の女が言った。

「分かりました、親方……」

齢が三十ほどの、濃紫の太縞小袖の艶《つや》っぽい女が口にする。

「これ、往来では親方はおよし。婆《ばあ》やと言えといってるじゃないか」

「すみません、婆や」

「ああ、おなか空いた。何かおいしいもの食べさせてよ」

六十女が文句を言い、三十女が謝り、十八娘が駄々をこねた。そして、茶屋の中へと三人は入っていく。

周囲に客のいない縁台を見つけて、三人は腰をかけた。

「おまえがどじを踏むから、命が危なかったじゃないか。あそこでそそっかしい浪人が現れなかったら、あたしらはお陀仏《だぶつ》だったよ」

六十女が、三十女を叱る。

「すみません、婆や」

「あまり、おっ母さんを叱らないでください。婆や……」

「何を言ってんだい、お嬢様。おまえがのろのろしてるから、ああいったことになったんじゃないか」

お嬢様と言うにしては、詰《なじ》る口調は辛辣《しんらつ》である。周りで聞いたら不自然なやり取りでも、この三人の中ではごく普通の会話なのであった。外に出たら、互いに掏《す》りの役割で呼び合っていたからである。

三十女が掏り取った財布は、すれ違いざまにお嬢様役のお光《みつ》の振袖の中に入れられる。お嬢様に婆やはつきものである。女親方が婆や役となって、見張りを兼ねる。

そんな三人が連《つる》み、まんまと獲物をせしめる手口であった。

「それにしてもあの侍、さかんに懐を気にしてたので、大金でもと思い狙ったのですが、仲間が二人いたのを知らなくて……」

女掏りの三人が、一仕事終えて集結したところで、中居たちに捕まったのであった。

「あんときは肝《きも》を冷やしたけど、まあ、すんじまったことは仕方ないさ。お光、早く掏り取った財布をお出し」

女親方の六十女が、獲物の中身を知りたくお光と呼ぶ十八娘に催促をした。

お光が、木村から掏り取った財布を袂《たもと》から取り出した。

「なんだい、薄っぺらな財布だね」

と言いながら、財布の中をまさぐる。

「金目のものはと……あれ、これっぽっちかい。一朱銀が一枚と、鐚銭《びたせん》が三枚だけじゃ、ひるめし代にもなりはしないよ。お光、注文はお茶だけにしな」

「ええー、お団子が食べたい」

「稼ぎがないってのに、贅沢《ぜいたく》を言ってんじゃない……あれ？」

女親方の婆やが、お光を叱ったところで、何やら指先に触るものがあった。

「なんだい、これは？」

言いながら、三つ織りにされた書付けを引っ張り出す。そして、広げた。

難しい字が並んでいる。

「何が書いてあるのかねえ……」

仮名ぐらいならようやく読めるが、難しい漢字となると分からない。

朱印が幾つか捺《お》してあるので、重要なものだろうということぐらいは六十女でも判別はできた。

これにはこう記されてあった。

覚

一　金壱千両也　　高山藩殿え
右之通慥《たしか》に請取り　此手形を以て御渡成さる可く候
　享保壱拾弐年六月壱拾五日　日本橋本舟町越後屋又兵衛《えちごやまたべえ》
利曾奈屋三左衛門《りそなやさんざえもん》殿

　これが、学識のある者に渡ったなら、高山藩にとって千両の価値があるものだと知れる。だが、巾着切として、指先の修練だけを強いられてきた者たちにとって、文字は必要ない。ほとんど、読める字はなかった。


「えにりをてさるくだけしか、読めないねえ。これじゃなんのことか分からないよ」

　かなだけを、女親方は拾って読んだ。

「ちょっと見せてください、婆や……」

　女親方から書付けを受け取ると、三十女はまじまじと書いてある文字を見やった。

「千両って書いてあります。そのぐらいなら、あたしにだって読めますから」

　少しは、女親方よりはましだと三十女は胸を張る。

「だったら、その千両の前に書いてあるのは、なんていう字だい？」

「さあ？　それよりも、これは少なくても千両になる紙では……」

「なんだって？　少なくても千両にもなるってのかい」

六十女がほくそ笑む。もし、そうだとしたら一躍成金に気持ちが馳せた。

「それと、千両の前につく字は数を難しくして表しているものと。これが九を意味するものでしたら、九千両……」

「なんだって、九千両だってかい？　あたしゃくらくらしてきたよ……ああ、もう駄目」

「婆や、こんなところで卒倒しないでちょうだい。運ぶの大変だから」

十八娘が、老婆を気遣う。そんなことにかまわず、三十女はまだまじまじと、書付けとにらめっこをしている。

「そうだ、この字どこかで見たことがある。なんて読むのだっけ？」

三十女は、看板でその字を見たことがあるという。そして首を傾かせながら、暖簾《のれん》の隙間から外を見やった。茶屋の向かいに分銅の看板がかかった店がある。

「あれってのは、両替商。あの看板と同じものがかかってた。そうだ、あの字は『りそなや』って言ってた。これは、大変なものだわ」

三十女が読み仮名を思い出し、驚嘆の目を六十女に向けた。

「なんだって？　すると、これをりそなやってところにもっていけば、九千両にもなるってのかい。そしたら、ぐずぐずしてないで、すぐにでも……しかしどうやって、運ぼうかね、そんな金」

早く行こうではないかと、六十女が腰を上げたところで考えた。

「駄目です婆や。こんなものをもってたら、それこそあたしたちは獄門行き。九千両にするには、ここに赤いのが捺《お》してありますでしょ。こういったものがないと、九千両にはならないのです」

「だったら、作りゃいいじゃないか」

「どんなものでもいいってものじゃないでしょ。もしこれをりそなやにもっていったとしたら、あたしたちの稼業はすぐにばれて……」

「ああ、とんでもないものを掴っちまったねえ。財布ごと、捨てちまおうか？」

四半刻ほど考えて、九千両はようやくあきらめたようだ。

「でも、あのお侍さんたち……」

斬り殺されるくらいに、三人の侍たちはいきり立っていた。その形相を、三十女は忘れずにいた。

「駄目、捨てちゃだめ。あのお侍さんたち、かわいそう」

十八娘のお光が嘆願をする。三人とも蛇似頭組に属するようないい男で、娘たちが騒ぎそうな顔立ちである。

「だったら、どうするんだい？　九千両手に入れたって、獄門になるんじゃいやだよ、あたしゃ。十両盗んで首が飛ぶんだから、九千両だと幾つ飛ばされなくちゃいけないんだい？」

「まあ、一つ飛べば充分ですかと……」

女親方の憂いに、三十年増が諭《さと》すように応じた。

「拾ったと、番所にもっていくわけにもいかないし……」

と言ったところで、向かいの両替屋から竹箒《たかぼうき》をもった小僧が出てきて、道の掃除をはじめた。

それを見て、三十年増が言う。

「婆や、名残《なごり》惜しいでしょうが、この財布を処分しますからね。一朱と鐚銭三枚も入れておきますから」

「分かったよ。早く、お行き」

女親方に言われ、三十年増が茶屋の外へと出る。そして、道を掃き清める小僧に近づいて行った。

「ごめんなさいまし……」

そして、声をかける。

「はい、なんでございましょう？」

掃く手を休めて、十五歳にも見える小僧は年増に向き合う。

「あそこの辻で、このお財布を拾いました」

「拾ったものなら、番屋のほうが……」

「それが、中にこんなものが」

と言って、財布の中から書付けを取り出して見せた。

「あっ、これは！」

小僧の驚く顔が、三十年増に向いた。

「これを読めるのですか？」

「一応、両替屋の小僧ですから。これは、千両の振出し……」

「……九千両じゃなかったのだ」

「なんです、九千両って？」

「いえ、こっちのこと。それで、ここは両替商さんでしょ。そんなことで、こちらに預けたらなんとかしてくれると思いまして……」

三十年増が語るところで、店の中から声がかかった。

「おい、箕吉《みのきち》。いつまで表を掃いているのだ。旦那様が、お呼びだぞ」

「はーい、伊助《いすけ》さん……」

箕吉と呼ばれた小僧は、店に向かって伊助という手代に大声で返した。そして、振り向く。

「あれ、いない」

女は忽然《こつぜん》といなくなり、箕吉はあたりを見回すが、女の姿は消えていた。

箕吉が振り向いたときには、女はすでに向かいの茶屋の中にあった。

「行ってきたわよ」

三十年増は、あの手形が千両であることは黙っていた。

「九千両とは、あまりにも大きすぎたねえ。せめて千両ぐらいだったら……」

自分たちのものにしようと、女親方は考えていた。

「もう、あんなもの掏ってくるんではないよ。それと、きょうの昼めしは抜きだからね」

「えぇー」

お光から不満そうな声が上がった。

「さあ、ここを出るよ。もう一稼ぎしないと、干上《ひ》がっちまうからね。何をぐずぐずしてるんだい」

女親方の叱咤で、三十年増と十八娘の重い尻が上がった。

二

庇《ひさし》に載る金看板には『両替商　武蔵野屋』と、書かれてあった。

店の中へと入った箕吉は、近くにいる平番頭に声をかけた。

「あのう……」

「なんだ箕吉、まだそんなところにいたのか。旦那様が呼んでいるのだから、早く行きなさい」

箕吉は、平番頭に財布を預けようとしたが渡しそびれた。ただ渡すだけではなく、その経緯も話さなくてはならないからだ。

「……そうだ、旦那様に言おう」

「何をぶつぶつ言ってるのです？」

箕吉の独り言を、平番頭がたしなめた。すみませんと一言謝ると、箕吉は主《あるじ》堀衛門の部屋へと足を向けた。

箕吉は、堀衛門の部屋の前までくると障子越しに小さく声を投げた。

「旦那様、お呼びだそうで……」

「箕吉か、中に入りなさい」

「はい。失礼いたします」

障子戸を開けると、堀衛門が文机《ふづくえ》に向かい書きものをしている。そして、書き終わると筆を置いた。

「これからこの書状を、金杉橋《かなすぎばし》近くにある酒問屋の松竹屋《まつたけや》さんに至急届けなさい」

「かしこまりました。それで旦那様、ちょっとよろしいでしょうか？」

「なんだね？　まだ墨が乾ききってないようだ。その間に、話しなさい」

「これをご覧になっていただきたいのですが？」

と言って、箕吉は懐に入れた財布を取り出し、堀衛門の前に置いた。

「中に、書付けがございます」

言われて、堀衛門は財布の中に指を差し込み、書付けを出した。

「あっ、これは振出し手形ではないか。どうして、おまえがこれを？」

千両ぐらいの手形なら、いつでも目にしている堀衛門であるが、箕吉の懐から出たことで、驚く表情となった。

「はい。先ほど表を掃除していましたとき……」

箕吉は、三十年増とのやり取りを語った。

「おそらくあの様子からですと、女はこれではないかと……」

言って箕吉は、人指し指を鉤《かぎ》型に曲げた。

「どうして、それがおまえに分かる？」

「番屋には、届けたくなさそうでしたから。それで、処分に困り手前に頼んだものと」

「なるほどなあ。番屋に届ければ、幾ばくかの礼をもらえそうなものだが、それよりも身上を知られるのがいやか」

言いながら、堀衛門は考える。

「利曾奈屋さんに届けてあげるとするか……いや待てよ……」

再び堀衛門は思案に耽《ふけ》った。

「もしそんなことをしたら、利曾奈屋さんから高山藩に報せが行く。そうなると、この書付けを紛失した藩士はどうなる？　重い咎《とが》めがあるだろうな」

堀衛門は、独り言のように自問自答する。その言葉は、箕吉の耳にも入っている。

「……何か、うまい方法はないものか？」

「旦那様。十兵衛様にお頼みしたら、いかがでしょうか？」

「それはよい考えだな。だが、外部の者が、書付けを失くした藩士を藩邸の中から内密に捜すのは容易でないぞ」

「でありますから、そこは陰聞き屋の用向きとして。相当難しいことでも成し果《おお》せるのが、陰聞き屋というものではないでしょうか？」

「おまえ、本当に十五歳か？　こまっしゃくれたことを言うわ」

「すみません」

「謝ることはないが、それだと代金がかかるな」

「そこを梅にして、幾らかまけてもらいましたら……」

「梅にして、さらにまけろなんてわしが言えるか、みっともない。まあよい、そのくらいの銭はわしが出そう。ならば、松竹屋さんに行ったあと、十兵衛さんのところに寄ってきてくれ。露月町かうまか膳のどちらかにいるだろう」

「露月町の長屋は、暑いうえ、虱《しらみ》に食われて痒《かゆ》くていやだと言ってましたから、おそらくうまか膳にいるものと……」

「そうか。どちらでもよいが、もしいなかったら五郎蔵さんか誰かに、わしが夕方にでも会いたいと言《こと》づけてきなさい。ただし、まだこのことは口にするのではありませんぞ」

余計なところから余波が生じてもまずいと、堀衛門は気遣う。

書付けの墨が乾き、四つ折りにする。それを封緘《ふうかん》して、堀衛門は箕吉に渡した。

「これを、もって行きなさい。返事はもらってこなくてよいから、気をつけていくのですよ」

かしこまりましたと言って、箕吉は武蔵野屋をあとにし、道を南に取った。

途中、箕吉は芝口《しばぐち》あたりで三人の侍とすれ違う。

「あの男に任せといて大丈夫かなあ」

「それより仕方……」

すれ違う際、箕吉に聞えた侍たちの話し声であった。三人を知る者が見たら、それは中居、木村、稲垣だと知れる。だが、むろん箕吉は分かるはずもなく、話し声を気にも留めることなく、まっしぐらに金杉橋へと足を向けていた。

急げと言われているので、箕吉はうまか膳をやり過ごす。

箕吉が、そんな報せをもってうまか膳の前を通り過ぎるのも知らず、四人の話はつづいていた。

「──そうなっていたら、お力になれなくてごめんなさいと言って、あの三人には腹を切ってもらうのだな」

話はちょうど、このあたりであった。

「そんな冷たいことを言わないでくださいな、十兵衛さん……」

菜月が向きになって嘆願する。

「どうも、ああいったいい男に女は弱いようだ。羨ましいものだなあ」

いけてる面相にはほど遠い五郎蔵が、しみじみと口にする。

「まあ、そんなことよりとにかく、いかにして女三人組の巾着切《きんちゃっきり》を捕まえるかだ」

十兵衛が腕を組んで考える。

「そうだ、十兵衛さん……」

思案に耽《ふけ》る十兵衛に、五郎蔵が話しかけた。

「なんだい、他人が考えているときに……」

十兵衛の、不機嫌そうな顔が五郎蔵に向いた。

「すいやせん、考えの邪魔をしちまって」

「まあいいさ、考えてもいい案は浮かばん。それで……？」

「こいつは、武蔵野屋の旦那様に相談したらどうかと」

「堀衛門さんにか?」

「そうです。振出し手形のことなら両替商武蔵野屋は商いの範疇《はんちゅう》。よい考えを授けてくれるかと……」

「なるほどな」

五郎蔵の考えに、小さくうなずく十兵衛であった。

「巾着切も、あまりの高額に慄《おのの》き……」

「すでに手放しているかもしれんな」

五郎蔵と十兵衛の読みは当たっている。だが、それがまさか武蔵野屋の、堀衛門の手にあるとは想像だにできない。

大諸藩主討ち取りの手はずは、その状況により考えようということになって、五郎蔵と菜月は、夕方の仕込みのためうまか膳の階下に。猫目は、三人の女巾着切を捜しにと出ていく。そして、十兵衛は銀座町の武蔵野屋へと足を向けた。

暑い季節に、黒の鞣《なめし》革《がわ》の羽織を着た姿は江戸の町中でも目立つ。

剣豪そのままの姿に、道行く人々の目が向いている。十兵衛が、街道にも通じる目抜き通りを歩いているそのころ、大諸藩上屋敷の御用部屋では、御用人春日八衛門とその配下、村田英之助《ひでのすけ》が向かい合って座っていた。

長い顔の春日が、甲高い声を出して言う。

「それで、あの十兵衛が鴟を得物として立ち向かったというのだな?」

「左様で、ございます」

四角い顔の村田が、野太い声を出して答える。

村田は、脇坂家上屋敷の辻で起きていたことを、春日に向けて語っているところであった。

「それにしてもあの十兵衛という者、かなりの手練《てだ》れでござりまするな」

「あの恰好だ。言われなくても分かる。それと、松島藩の残党をことごとく葬っておるからな。敵に回したら、恐ろしい相手だ」

「一人は鴟の剣先を口につっ込まれ、一人は縁でもって顔を傷つけられた。それを見たもう一人は、刀を引いたのですからな。鴟だけで、三人の大刀と立ち会うのですから、あれこそ男の中の男一代。度胸千両とでもいうのでしょうな」

野次馬に交じって、事の成り行きを見ていた村田は十兵衛を誉めそやす。普段の無口がこのときばかりは饒舌になった。

「しかし、あの十兵衛という男。ちょっとおかしなところがありまして……」

村田は、完全に十兵衛のことを信頼しているのではなかった。

「なんだ、おかしなところってのは？」

「どうも、言葉が変なのです」

「言葉が変とは、それは上方弁だからであろう。江戸の言葉を聞いていたら、それはもう、おかしくは聞えるであろう。もし、江戸に幕府が開かれず、太閤《たいこう》様の世からずっと大坂が中心となっていたら、上方弁が主流となっていただろうよ」

春日が、ひとしきり言葉の薀蓄《うんちく》を説いた。

「いえ、そうではなく……」

「そうではなくとは、なんだ？」

「あの男、普段は上方弁ではないようで……」

「どういう意味だ？」

訝《いぶか》しげな春日の顔が、村田に向いた。

「少しばかり、どこか地方の訛《なま》りがあるようですが、普段は江戸の言葉のようです。それが、身共《みども》に気がつき、ちらりとこちらを見ては上方弁を使うのです。それで、わざと姿を隠してみますと江戸言葉となり、顔を見せますと上方弁が混ざる。あれは、明らかに身共を意識して……」

「ああ、そのことならば案ずることはない。それは、拙者にも分かっていたことだ。一度上方弁を使った手前、ここではそれを通しているのであろう。上方から江戸に出て久しいと言うからの、普段は江戸言葉で通してるのよ。何が、おかしいことあろう。そやさかいとか、あんさんなんて言葉は、上方の者でないとなかなか使わないというより、そんな言葉があるなんて、余所《よそ》の者は知らぬぞ。ほなさいなら、なんてものもあったぞ」

「なるほどでござりまするな」

「左様。ゆえに、そなたの顔を見たところで上方弁を使うのは、なんらおかしくはない」

十兵衛には、絶大の信頼を寄せる御用人の春日であった。

三

既《すんで》のところで村田の疑心から逃れた十兵衛は、そのとき武蔵野屋の店頭に立っていた。

「いらっしゃいませ、十兵衛様……」

入ってきた者の姿を見て、出迎えたのは十兵衛をよく知る手代の伊助であった。もう、十兵衛も武蔵野屋では顔見知りである。黒ずくめの厳《いかめ》しい恰好を見ても、怖がるものは誰もいない。ただし、十兵衛が松島藩士であったことは、奉公人には隠してある。触れ込みは、堀衛門の命の恩人ということにして、かかわりとしていた。

「旦那様はいるかい？」

「いえ、生憎《あいにく》と出かけております。戻りはいつになるか、知れません」

黙って出ていったと、伊助は言葉を添えた。

「そうか……」

眉間に皺《しわ》を寄せ、十兵衛は渋面《じゅうめん》となる。

「お急ぎで……？」

「ええ、まあ……」

主の堀衛門がいないとなると、これからどうしようかという考えになる。それが、小難しそうな表情となった。

「代わりに、手前が話を承《うけたまわ》りましょうか。差し支えなければ、お聞きしますが」

「……そうか、振出し手形のことなら訊いてもよいか」

手形とか為替とかってのには、無縁な十兵衛であった。武蔵野屋に出入りして、多少の知識あるものの、さほど詳しくないところである。伊助に教わるのに、何不自然なことがあろう。

「振出し手形がどうかなさいましたか？」

十兵衛の呟きが聞えたか、伊助が顔をのぞきこむようにして問うた。

「例えばの話と思ってくれ」

十兵衛は、話す前に一言《ひとこと》念を押した。

「はい、思いました。それで……？」

「もし、千両の振出し手形を失くした場合、どうなるのかね？」

いきなり唐突な問いをもたらされ、伊助の顔が歪《ゆが》む。そして、十兵衛に問い返す。

「十兵衛様が失くされたのですか？」

「拙者じゃないよ。だいいち、そんな大きな仕事なんてしたことない」

「それは分かっておりますが、念のため。いったい、どなたが失くされたのですか？」

「言わぬと、いかんか？」

「失ったところによって、事情が異なりますから。手形を振り出したところか、受け取ったところか、または、手前どものような両替屋が紛失したか……いずれであるかによって、答は違ってまいります」

「両替屋が失くすってことがあるのか？」

「ほとんどございませんが、夜盗とか強盗が入って、盗まれるってことも考えられます」

「なるほど。だが、両替屋でないのはたしかなのと、振り出したところでもない」

「ならば、手形を受け取り換金しようとしたところでございますな？」

「例えば、そうだと思ってくれてよい」

ここまで言えば、例えばも何もないだろうと伊助は思うものの、口にするものではなかった。

「その侍が……いや、侍というのはあくまでも例えばだぞ」

「はい、例えばどうなされました？」

「千両の振出し手形を歩いているうちに、例えば巾着切に掏られたとする」

例えばを入れなくても、十兵衛は事実そのものを口に出している。伊助は、例えばを省略して聞いた。

「それは、大変でございますな」

「そうなると、その千両の振出し手形は、どこに行くと思う?」

「どこに行くかは、手前には皆目……」

分からないと、伊助は大きく首を振るも両替屋の手代の手前、答は出さなければならない。

「そうですなあ。手前が考えるには、巾着切が千両の手形と分かったときは、手に負えず手放すでしょうな。獲物を喜ぶよりも、むしろ怖がるはずです。自分で盗んだものを番屋にもって行くわけにもいかないし、はたまた持参者に返しに行くこともないでしょ。となると、道端にでも捨てて惚《とぼ》けるでしょうな」

「やはり、そうするか」

このあたりは、十兵衛たちも想像していたところだ。

「それで、財布を拾った人がどうするかです。一番多いのは、番屋に届ける。ちょっと欲のある人でしたら、千両の受取人のところに出向き、謝礼をもらう。さもなければ振出し人に戻す。もう一つは、手形に指定された両替屋で……」

「分かった。そのいずれかになるのだな?」

伊助の話を最後まで聞かずに、十兵衛が話しかけた。

「いえ、もう一つというのは最悪の場合で、第三者が換金してしまうということです」

「そんなに簡単に、第三者が金に換えられるのか？」

「ええ、金融流通に詳しい人なら……むろん、その手口は言えませんが。ですから、手形を失くしたお侍さんは一刻も早く指定の両替屋に行って、紛失の手続きをすることが肝要なのです」

心ある者に拾われても、猫糞《ねこばば》するような、阿漕《あこぎ》な者に拾われようが、いずれにしても高山藩に話が伝わるだろうと、十兵衛は気持ちに焦りをもった。

「……となれば、かわいそうだが三人は腹を切らねばならんか」

腕を組んで、十兵衛は独りごちる。

「なんですか？　腹を切るってのは……」

それが、伊助の耳に入った。

「いや、なんでもない。例えばの話だ」

例えばの話としては、十兵衛の深刻そうな顔である。

「……とても五日など待てぬ」

ぶつぶつと呟く十兵衛を、怪訝な顔をして伊助が見ている。

「そうだ、こんなことはしておられぬ。伊助さん、どうも……」

と、礼を言うが早いか、十兵衛は武蔵野屋の外へと飛び出した。もう、巾着切を追っても詮ないことだろう。斬り殺されようとしても、吐かなかった女たちである。捕まえたところで、口を割るとはとても思えないほど気骨をもった女たちとも思える。

「……猫目を戻さんといかぬな」

女巾着切たちを、猫目は捜している。盗った千両の手形を巾着切が処分したかどうかは、十兵衛には分からない。ただ、もう追っても無駄なような気がしてならなかった。

「……仕方がない。ここは奪還を成し遂げた場合にもらえる六両は、あきらめることにするか」

道々十兵衛が呟く。

「それよりも、あの三人の命のほうが大事だ」

伊助の言った、一刻も早く指定の両替屋に行って、紛失の手続きをさせる。これを、木村とかいう家臣にさせなければならない。

「よし、すぐにでも行ってあげよう」

しかし、十兵衛は江戸に来てまだ日が浅い。高山藩の上屋敷がどこにあるか分からない。といって、誰彼と道行く人に尋ねるわけにもいかず、十兵衛は足を反対に向け引き返すことにした。

再び武蔵野屋の店内に入ると、幸い客も少なく伊助が所在なさそうにしている。

「ちょっと……」

十兵衛は伊助に声をかけると、振り向く顔に小さくうなずきを見せた。

「まだ何か、ご用で？」

伊助が近寄って、十兵衛に話しかける。

「これは、先ほどの話とかかわりのないことだが……」

先に断るところが、余計なことである。

「伊助さんは、高山藩の上屋敷がどこにあるか知ってるかい？」

それだけのことを訊くのに、わざわざ伊助を呼ぶことはないと思える。だが、どうしても話を内密にしておきたいがために、同じ人物を頼ってしまう。人の心理というところか。

「もしや……？」

紛失した手形は、高山藩のものかと伊助でなくても勘は働くであろう。

「いや、違うと先ほど言ったであろう。高山藩とは、かかわりがない」

十兵衛が言い繕《つくろ》うほど、伊助にはそうとも思えてくる。

「分かりました。それで、高山藩の上屋敷は、溜池《ためいけ》ってご存じですか？」

以前、江戸に着いたとき赤坂溜池の脇を通り、芝へとやってきた。溜池の名はそのときから知っている。

「ああ、そのくらいなら知ってる」

「その近くに、三才坂という通りが……そう、虎之御門近くです。高山藩は、たしかそのあたりにあったかと。あとは、界隈にある辻番所かどこかで訊いてくださいまし」

「いや、かたじけない。仕事の邪魔をしたな」

伊助に礼を言い、十兵衛は武蔵野屋をあとにする。

「十兵衛様が出たり入ったりしていたようだけど、何かあったのか？」

平番頭の加介《かすけ》が、伊助に近寄り声をかけた。

「いえ、なんでもありません」

「なんでもないってことはなかろう。端《はた》で見ていても、十兵衛様の顔は真剣だったぞ。あれは、何ごとかあったってことだな。伊助は、番頭の言うことも聞けんのか？」

番頭加介の追求に伊助は頭を下げ、謝る態度を取った。

「申しわけありません。手前ら両替屋に奉公する者としては、お客様から内緒にしておいてくれと言われたら、たとえ親でも将軍様でも口にしないのが信条だと、教えてくれたのは番頭さんではないですか」

「まあ、そのようなことを言ったかもしれんが……」

内緒にされればされるほど、知りたくなるのが人情である。加介は未練がましく口にする。

「そこを、なんとか」

「いいえ。そんなことでして、申しわけございませんが……手前はこれから越三屋《こしみつや》さんに行かねばなりませんので、これで」

「まったく、固い奴だ」

立ち去る手代伊助に、番頭の加介は不快そうな表情を向けた。

つっ立つ加介の背中に声をかけたのは、手代の松吉《まつきち》であった。

「番頭さん……」

「なんだ、松吉？」

「伊助と、何を話されてました？」

同じ手代でも、松吉のほうが一年ほど先に入った。齢《とし》も一歳ほど上輩にあたる。

「先ほど、十兵衛様が来ていたであろう」

「はい、二度ほど行ったりきたり……」

「それで、伊助になんの用事で来たのかを問うたのだ。そしたら、客が内緒にすることは言えんというのだな。まったく、いつからあんな生意気になったのだ」

加介は、十兵衛と話をしていた内容のことより、伊助の態度に憤懣をもったようだ。

「左様でしたか。ならば、手前が近くを通りましたとき、ちょっと耳に入りまして、振出し手形がどうのこうの言ってました。例えばの話なんかと言って、たしか千両の手形を失くしたら、どうなるのかなどと十兵衛様は問うてました」

「千両の手形を失くしただと？」

番頭加介の、驚く顔が松吉に向いた。そして、さらに問う。

「いったい誰がだ？」

「手前は、小耳に挟んだだけです。話の内容が気になるとしても、脇に立って聞いてるわけにいかないでしょうし……」

「そんな場合はかまわないだろうが。千両の手形を失くせば……そうか、十兵衛様が当方の振り出した手形をまさか……」

「それは、考えすぎでは。当方のどなたが十兵衛様に手形を振り出します？　しかも、千両もの……」

「それは、旦那様以外にあるまい。命の恩人に頼まれたとあっては、無下《むげ》にはできないだろうからな。それを、失くしたと……こいつは、大変なことになった。さっそく、千両が引き落とされてないか調べてみんとな」

と言って立ち去ろうとした加介を、手代の松吉が呼び止めた。

「番頭さん、ちょっと待ってください。もしそうだとしたら、そんな大事なことを伊助などに話されますか？　旦那様に直《じか》に話をされるのでは……」

手代のほうが、幾分か冷静であった。

「十兵衛様は、慌てた様子だったぞ」

「ならば、伊助のほうも慌てるでしょう」

松吉の、その一言で加介も我に戻ったようだ。

「そうだ。十兵衛様が二度目に来たとき、伊助に場所を訪ねてましたな」

「場所って、どこのだ？」

「高山藩の上屋敷って聞えましたが」

「……高山藩って、越後のか？」

小さく独りごち、加介の首が傾ぐ。

四

高山藩の上屋敷がある場所を教えてもらい、十兵衛の足は赤坂溜池に向いている。芝口の新橋で新堀を渡り、そこから真西に十町も歩けば虎之御門である。溜池は、そこからさらに四町ほど先にある。湧き水が貯められ、神田上水が整備されるまでは、その水は上水として利用されていた。

十兵衛は、葵坂《あおいざか》にある辻番所で高山藩上屋敷の場所を尋ねた。

「高山藩なら、この先を真っ直ぐ汐見坂に向かって二つ目の三才小路を、左手に曲がったところだ」

辻番人から道を教わり、十兵衛は高山藩上屋敷の門前に立った。だが、ここからが肝心である。どのようにして、中居や木村と渡りをつけようか。その算段までは、話し合っていなかったのだ。

伊助から聞き出したことを、すぐさま伝えなくてはならない。とても、五日などは待てない。

「迂闊《うかつ》であった。こういう場合もあるかと、前もって会える手はずを決めておけばよかった」

門前に立つものの、呼び出す術《すべ》がなく十兵衛はその場で独りごちた。

「まあ、とりあえず当たってみよう」

と、十兵衛は足を繰り出し、門番に近づく。

「ご免……」

そして、声をかけた。

「なんだ？　暑苦しそうな恰好をした御仁だな」

「こちらに、中居さんというお方はおりませんでしょうか？」

門番の、余計な言葉を意に介さず、十兵衛は中居の名を出した。

「はて、なかいという名は四人ほどおるが、いったいどちらのなかいであるか？」

どちらの中居と訊かれても、十兵衛はその苗字しか知らない。

「下の名は、なんと申す？」

「はて……？」

「知らぬというのなら、取り次ぎはできぬな」

「そいつは弱りましたなあ。これを返そうかと思って来たのですが……」

十兵衛は言うと、懐にある財布をつまみ、半分ほどちらりと門番に見せてすぐにしまった。十兵衛がもつ自分の財布である。よれよれとなった古い財布なので、あからさまにするのは、はばかりがある。

「なんだそれは。財布か……？」

「左様。芝口の辻で拾ったら、中に中居と書かれた手控えがありましたので、届けた次第……」

「それは、ご苦労であったな。どれ、その手控えを見せてくださらんかな」

「他人のものを、おいそれとは見せられんでしょう。あんただって、いやでしょ。見られるのは……」

「まあ、そうだな。しかし、どのなかい様か知らねば取り次ぎもできんだろ。なかいの『なか』も二つある。中心の中と、仲人《なこうど》の仲だ。それと、なかいの『い』にも二つある。井戸の井か、居据わるの居かどちらであるかな？」

組み合わせると、複雑な構成となるようだ。

「中心の中に、居据わるの居と言って……いや、書かれてましたな」

一度も会ったことのない触れ込みである。言葉に気をつけないとと、十兵衛は箍《たが》を締めた。

「中心の中に居据わるの居の中居様ならば、中心の中に井戸の井の中井様の配下におるが、そちらでよいかな？」

　中居一人を訪ねるのに、大変な手間である。だが、一両もらうとあらばこのぐらいの労力は仕方ないと思う十兵衛であった。

「そのお方かと……」

「分かりもうした。居据わるの居の中居様を呼んでくるから、少し待っていてくだされ」

　存外、根性曲がりの門番ではなさそうである。十兵衛の、中居と会う手はずは意外と簡単であった。

　中居に渡りをつければ、あとはよしなにやるであろう。

「……五両はもらえぬが、それでよしとするか」

　十兵衛が呟いたところで、脇門が開いた。門番のあとに、男がついて外へと出てくる。

「おやっ？」

「このお方が、居据わるの居の中居様だ」

　門番に紹介《ふ》されるも、十兵衛の顔は唖然としている。中居の端正な顔が、急に四十五過ぎに老けていたからだ。同じ中居でも、人が違うようだ。しかし、言いわけが利かず十兵衛は返事に窮した。財布を拾った触れ込みなので、顔は知らぬことになっている。

十兵衛のこめかみから、一滴汗が滴《したた》り落ちた。

「身共《みども》が中居だが、財布を拾ったですと？　おかしいなあ、身共の財布はほれここに……」

と言って、四十五過ぎの中居は懐から財布を取り出した。

「落とした覚えはないが、念のためどのような財布かな？」

もう一度見せなくてはならないのかと十兵衛はためらうものの、出さなくては言いわけは利かぬ。懐に手を入れ、財布を半分ほど出し、そしてすぐにしまった。その間は一瞬。

「よく見えんな。もう一度見せてくださらんか」

十兵衛は覚悟した上で、今度は財布の全体をゆっくりと見せた。

「ずいぶんと、使い古した財布だな。これでは、金も貯まらんだろ」

「まったく、そうですな」

余計なことを言うと思うものの、十兵衛は仕方なく相槌を打った。

「もしかしたら、これは仲井様の下につく中居かもしれんな」

「そうでしたか。古い財布でしたので、てっきり……」

門番の口に、四十五過ぎの中居はにわかに不機嫌そうな表情となった。

「若い中居のほうだろ。取り次いでやれ」

そう言い残して、四十五過ぎの中居が引っ込む。

こんなことをしている間にも、振出し手形は指定の両替商に回り、引き出されているかもしれない。悪い奴らの手にかかれば、どうということもなくやってのけると伊助は言っていた。たとえそうでなくても、両替商か振り出し先に手形が届けられれば、木村は責任を負わねばならないだろう。

「今言った仲井様は、仲人の仲に井戸の井の仲井様で、居据わるの居の中居様の上司である。その中居様でよいかな?」

「ええ、多分……」

門番の問いに、そう答えざるをえない十兵衛であった。

ちょっと待っていてくだされと言って、再び門番は屋敷の中へと入っていった。そしてしばらくし、脇門が開く。

門番のうしろから男が出てくる。

「あっ!」

と、中居の驚く顔があった。

「こちらが、仲人の仲に井戸の井の仲井様の下につく……」

門番に言われなくても、分かっている。知らぬ振りをしろと、十兵衛は中居に向けて小さく首を振った。

こうなると、門番の耳が邪魔である。

「拙者の財布を拾ってくれたそうで……」

中居のほうも、十兵衛の気遣いを感じている。

「ちょっと、こちらに来ていただけませんかな」

中居が、十兵衛をもの陰へと誘った。

門番が、訝しげな目を向けるも頓着《とんちゃく》なく長屋塀の途切れた角を曲がって、中居は足を止めた。

「掏られた財布が見つかったのですか?」

挨拶ももどかしいと、のっけから中居は切り出す。

「いや、そうではないのだ。はっきり言うが、振出し手形はまだ見つかっていない」

下手《へた》に誤解を生じてはまずいと、十兵衛は先に結論を言った。

「左様ですか」

がっかりとした答が、中居の口から返る。

「それでは、なぜにここへ……？」

「それはだ、知り合いの両替商に行って……」

十兵衛は、伊助から聞き出したことを、中居にそのまま伝えた。

「悪い奴らに千両の手形が渡ったら、大変なことになる。そんなんで、早く指定の両替商に行って差し止めの手続きをしたらよいかと……それを、言いに来たのだ」

「なるほど。女巾着切の手から、闇の手配師に渡ることも大いにありえますな。やはり先に両替商に行って、止めておけばよかった」

あのときは、両替商から話が行くことを恐れて届け出ずにおいた。

中居の言葉に、十兵衛は、はっとして心の臓が鼓動を一つ打った。

「……そうか、巾着切が手形を捨てるとは限らんか」

そうなると、ますますまずい展開になる。手形は、阿漕《あこぎ》な第三者の手に渡る見込みが大になる。

「分かりました。これから木村に言って、両替商へ行ってきます」

「その両替商というのは……？」

十兵衛は、手形を見ていない。

「利曾奈屋という、日本橋通南二丁目にある両替商です」

日本橋通南二丁目は、日本橋川に架かる日本橋から目抜き通りを三町ほど南下したあたりである。銀座町にある武蔵野屋からは、七町ほど北にあたる。

「よし、急いだほうがよい」

十兵衛が、中居を急《せ》かす。

中居は、もの陰から駆け出すと、脇門を開けて屋敷の中へと入っていった。その様子に、門番は怪訝そうな顔となる。その眉間に皺を寄せた顔が、十間離れて立っている十兵衛に向いていた。

やがて、屋敷の中から出てきたのは、中居と木村の二人であった。稲垣はいない。利曾奈屋に届けを出すのに、三人で行くことはないとの判断であろう。

中居と木村が、十兵衛の立つほうに向かってくる。そして、近づくと木村が大きく頭を下げた。

「とても、五日など待てんと思ってな」

十兵衛が木村に、ここに来たわけを一言で言った。

「すぐにでも行こうか」

十兵衛もついていくという。一両をもらう手前、利曾奈屋まではつき合うことにした。その手続きが済めば、もう依頼された『松』の代金はもらえなくなる。だが、十兵衛としては、それはどうでもよかった。中居たちが仕える高山藩は、鰯を通して大諸藩にも通じている。そのためにも、中居たちとの縁は切りたくない。

西日が傾くころである。あと、半刻もしたら両替商は店を閉じる刻となる。

利曾奈屋がある日本橋通南二丁目までは、半里ほどであろうか。

五

十兵衛たち三人が、三才小路を東に向かうそのころ。

「……早く知らせてあげねば」

と呟きながら、一つ北側にある藪小路を西に歩く男がいた。

「高山藩では、千両の振出し手形を失くして困っているであろう」

ここに、おせっかいな男が一人いたのである。十兵衛が顔を見たら、それは武蔵野屋の番頭加介と知れる。

十兵衛と伊助の会話を耳にした松吉が言ったことを自分なりにとらえ、加介は動いた。

高山藩のためにと思うものの、加介にはもう一つの打算があった。高山藩に恩を売ることにより、大名家と新規の取引きをしようとの魂胆である。堀衛門からは、常日頃から新規の顧客を開拓するよう、発破《はっぱ》をかけられていたのも加介を高山藩に向かわせた要因であった。

「利曾奈屋から引き出した千両を、ぜひ武蔵野屋に……」

預けさせようと、加介の気が逸《はや》った。

独り言を口にしながら、加介は足を速める。そして、高山藩上屋敷の門前に立った。

「ちょいとお尋ねいたします」

そして、十兵衛が相手にした門番に話しかけた。

「なんだ？」

町人相手では、門番も居丈高である。平身低頭なだけに、威張りやすいのであろう。

「こちらは、高山藩のお屋敷でございましょうか？」

「ああ、そうだが。それがどうした？」

「手前、武蔵野屋という両替商の番頭加介と申します。わけがございまして、勘定方のどなたかにお目通りを……」

「どなたかと言うには、名を知らずに来たのであるな」

「はあ……」

「となれば、取り次ぎはできぬな」

「お家の一大事というのに、取り次ぎは叶《かな》いませぬか？」

門番を相手にしていても仕方ない。加介は門番を動かすために、一大事という言葉を使った。

「なんだと、一大事だと。いったいどういうことだ？」

「そのわけは、勘定方のどなたかに話します。なるべく、上役のお方がよろしいかと……」

「ならば、少しばかり待っておれ。仲人の仲に井戸の井と書く仲井様を呼んでまいる。きょうは、なかいという名をよく口にする日だ」

ぶつぶつ言いながら、門番は脇戸を開けて屋敷の中に入っていった。しばらく待たされ、出てきたのは件《くだん》の門番一人であった。

「今は、多忙であっての、あと四半刻は出てこられないそうだ。ここで、待っておるか？」

せっかく親切で来てやっているのに、けんもほろろの応対であると、加介は気分を害する思いとなった。

「分かりました。こちらの藩がどうなっても知りませんが、手前は引き取らせていただきます」

加介としても、武蔵野屋の仕事を放り出してまで来たとの思いがある。それなのに、相手がかかわらないとあらば、それ以上押すこともないと、引き下がることにした。

「どうなっても知りませんて、聞き捨てがならんな。いったいどういうことだ？」

「ですから、その仲井とかいうお方を……」

門番は、ここでふと考えた。先ほど来た黒ずくめの武士と、何かかかわりがあるのではないかと。それは、仲井の部下である中居を尋ねてきた。財布を拾ったと言っていたが、その後中居の後輩である木村を引き連れ、どこへやら行った。そこにもってきて、加介のもの言いである。これには何かあると、門番はようやく悟った。

「もう一度、行ってくる」

加介のただならぬもの言いが、門番を再び動かす。

先ほどよりもときを待たずに脇門が開いた。門番のうしろに、四十歳を幾分過ぎた男が立っている。

「このお方が、勘定方役の仲井様だ」

門番に紹介されても、首一つ動かさない。むしろ、頭はうしろに反ったようで、顔が天を向いた。

「手前は武蔵野屋の……」

「門番から聞いた。それで、この忙しいのになんの用だ？」

「ちょいと、お耳を……」

門番の好奇の目が向くが、やたらと聞かせたくない話である。加介は、仲井の耳元に口を寄せると、小さな声で話しはじめた。

仲井が露骨にいやな顔をしたのは、加介の吐く息をもろに嗅《か》いだからだ。

「もうちょっと、離れて話せ」

「門番さんに、聞かれてもよろしいので？」

「ならば、あそこのもの陰に行こう」

十兵衛と中居が話をしていたもの陰に、仲井は加介を導く。

「ここならば、いいだろう。門番の耳には入らぬだろうから、心おきなく話せ」

「ならば、お話ししましょう。こちら様では、振出し手形を換金なさろうとしてませんでしたか？」

「ん……なぜにそれを？」

「やはり。どうやら、その手形が……」

ここまで来て、加介は自分が余計なことをしているのではないかと頭の中でよぎった。すでに、十兵衛が来てそのことは伝えているのかもしれない。

「その手形がどうかしたか？」

しかし、仲井の剣幕を見ると、まだ紛失のことは知らないようだ。

「……となると、十兵衛様はまだ来てないのかもしれない」

「なんだ、その十兵衛というのは？」

加介の呟きが聞こえ、仲井が訝しそうに訊いた。

「そうだ、先ほど誰かが中居を尋ねてきたようだな。そして、中居と木村がそそくさと出ていきおった」

仲井の独り言に、加介は十兵衛の鳥の巣のような髷《まげ》を思い出した。

「……十兵衛様は先に来てたのか？」

「……いったい何があったのだ？」

加介と仲井は、それぞれ自分自身に問いかけて、呟く。

仲井は手形の紛失したのを知らない。それを、黙して十兵衛が解決しようとしている。細かな経緯は分からぬが、加介でもそのくらいの勘は働く。余計なことをしてしまったと、加介は居たたまれぬ思いとなった。となれば、退くより仕方ない。

「これにて、失礼させていただきます」

加介は深く頭を下げ、去ろうとするのを仲井は許さなかった。

「ちょっと待て。もっと詳しく話を聞こうではないか」

歩き出そうとする加介を、仲井は袖を引いて止めた。

「手形を木村に渡し、利曾奈屋に預けてこいと命じたが……まさか？」

紛失に気づいたか、仲井の顔からサッと血の気が引いた。

「そなた、なぜに当藩の手形のことを知った？」

この問いの答を、加介は用意していない。

「あの、その……」

答に窮し、加介は口ごもった。

「なぜに答えられぬのだ？」

仲井の鋭い追及が、加介を追い込む。加介自身、十兵衛がなぜかかわっているのかを、松吉からの又聞きでは詳しく知ることができなかった。

即興でも、加介は何かを言わなくてはならない。

「今しがた、千両と申しませんでしたか？」

咄嗟の言い繕《つくろ》いを、加介は思いつく。

「ああ、言ったが。それがどうした？」

「奇遇なことがありますもので。どうやら、手前はお知らせする藩を間違えたようでして。訪ねたいのは、加藤飛驒守《かとうひだのかみ》様のお屋敷でして、三千両の手形が当店に……」

加介は、このあたりの大名家の配置に詳しい。一《いち》か八《ばち》か、隣家の名を出した。

「加藤家なら、隣だ」

「申しわけございません。手前が間違っておりました。大名家のお屋敷は、表札が出てないもので……」

「そうか。当方でなくて安心したぞ」

「どうかなされまして？　先ほど、利曾奈屋さんがどうのこう言ってられましたが」

「いや、なんでもない。そなたには、かかわりのないことだ。もういい、早いところ加藤家に行ってやれ」

「とんだ邪魔をいたしました。それでは、これで……」

失礼しますと、加介は歩き出す。

「加藤家は、そっちではないぞ」

仲井から指摘され、加介は回れ右をする。

「そうでした……」

と言いながら仲井の前を、冷や汗を掻きながら加介は通る。そして、一つ隣の加藤家の門前に立つと、遠目からまだ仲井が見ている。となると、門番と言葉を交わさなくてはならない。加介の難儀は、まだまだつづく。

「申しわけございませんが、急に腹の調子がおかしくなりまして……」

「そいつは、いかんな」

「それで、腹痛の薬をいただけないかと？」

「大名家に来て、そんな頼みごとをするとは珍しい。まあ、ちょっと待っておれ……」

言って門番は、脇門から中へと入っていった。仲井はもういない。それをたしかめ、加介は足早に加藤家の門前から立ち去るのであった。しかし、これで話は終わってはいない。

藩邸に戻った仲井は、門番に叱りつける。

「何を聞いておる。あの者は、当家でなく隣の加藤家を訪ねて来たのではないか」

「はて？　たしか、高山藩のお屋敷でと訊かれてましたが……」

「なんと、相違ないか？」

加介の吐いた虚言に、仲井は経緯のおおよその見当をつけた。

「……木村の奴、手形を失くしおったか、馬鹿め」

部下の失態に、憤りが口からついて出た。

「……腹を召さねばならんかのう」

憤りは、憂いとなって仲井の肩ががくりと落ちた。

六

今、千両の手形が武蔵野屋堀衛門のもとにあることなど、十兵衛たちは知らずに動いている。

両替商利曾奈屋に、換金差し止めの手続きをした高山藩の中居と木村は、ほっと安堵の息を吐いた。利曾奈屋も五日の間は、藩に黙っていてくれる約束も取りつけた。

「おかげで助かりました」

とりあえずは、千両が第三者に渡ることはない。あとは、五日のうちに手形を奪還できることだけを祈るだけだ。

中居と木村が、このまま高山藩に戻ると上司からの糾弾が待っているのだが、それを知らずに、二人は十兵衛に向けて深く頭を下げた。

「いや、千両の手形を取り返すまでは、気が抜けぬであろう」

利曾奈屋に、手形が第三者の手により流れてきたら、高山藩にではなく、先に十兵衛のところに報せが来るよう手配をしてある。

「打つべき手は打ったのだから、あとは心配をせずに……とは言っても、無理だろうが、半分は覚悟をして待つのだな」

「はい。これというのも、みな身共の落ち度。腹を切ってお詫びいたします」

きっぱりと腹を決めたようだ。木村が、覚悟のほどをしっかりとした口調で言った。

「おまえだけ一人を、冥土《めいど》に行かせるわけにもいかぬ。身共も稲垣も一緒ぞ」

「中居さん……」

同僚の熱い絆《きずな》に触れ、十兵衛の目が潤んだかというとそうではない。

「何を申す。腹を切るとは最後の手段、早まってはならぬぞ」

覚悟をして待てと言いながら、十兵衛は自裁を引き止める。

「五日ほどは猶予があるのであろう。その間に、陰聞き屋の名においても、なんとかしようではないか。そうなると、松の料金がぶり返すが……どうする？」

二言目には、松だの梅だのと銭金のことをもち出してくる。

「もしも不首尾であっても、前にも言ったように、金はいただかない。命がなくなる人からは、銭は取れないからな」

「お願いしますよ、是が非にも……」

中居と木村の嘆願に、十兵衛の胸が反り返る。

「よし、承知つかまつった」

力強い返事であったが、十兵衛の心の内は不安が渦巻くものであった。利曾奈屋に手形がもち込まれなければ、勝算がないと踏んでいる。相手に不安を隠すため、あえて自信満々の態度を示すのであった。

日本橋通二丁目にある利曾奈屋を出て、目抜き通りを南に取る。その道すがらでの会話であった。

やがて三人は、京橋を渡り銀座町へと入った。そして、武蔵野屋の前に立つと十兵衛の足は止まった。

「拙者は、ここの店に用事があるので失敬をする」

「身共らも、ついていってはまずいですか？」

中居と木村にとっては、十兵衛は今一番の心のよりどころである。ここで別れたら、不安が一気に増してくると、すがるあてがなくなるのを二人は懸念した。

「それはならんよ。もう、藩邸に戻ったほうがよいだろう。いつまでも留守にしてたら上司も訝しがるぞ」

十兵衛に説得をされ、二人は渋々歩きはじめた。


そのころ、堀衛門の使いで金杉橋の酒問屋松竹屋に行った帰りの箕吉は、うまか膳に立ち寄り菜月を前にしていた。

「旦那様が、十兵衛様に……」

「でしたら、十兵衛さんは今武蔵野屋さんに行ってるはずですよ」

「えっ、そうでしたか」

十兵衛が武蔵野屋に行っているのなら、箕吉の用事は済んだ。お邪魔しましたと言って、うまか膳をあとにする。

源助町から、芝口の新橋に箕吉が来たところであった。二人の侍が消沈した面持ちで対岸から歩いてくる。

橋の中ほどまで来て二人の侍は足を止めると、欄干に体をもたれかけ新堀川の川面を眺めはじめた。そのうしろを、箕吉が通る。

「それにしても、困ったなあ」

侍たちのただならぬ様相と、耳に入った言葉に、相当な悩みを抱えているものと箕吉は取った。しかし、他人の悩みを聞いたところで、いかんともしがたい。それよりも、自分の心配が先だと箕吉はいったん止めた足を動かそうとしたときであった。再び侍の言葉が耳に入り、箕吉は足を動かすのを止めた。

「腹を切るのと、川に飛び込むのとでは、どちらが楽でしょう?」

「なんだ、木村はそんなことを考えていたのか?」

「中居さんは違うので?」

「ああ、そんなことは毛頭考えてない。腹を切るのは痛いし、川に飛び込むと溺れて苦しい。どっちともいやだな。それよりも、十兵衛さんって人をこれ以上、頼っていいかどうかだ」

話の中に、十兵衛という名が出てきて、箕吉の首が傾いだ。さらに先の話を聞こうと、半歩だけ体を寄せた。

「あの、暑苦しそうな黒鞣革の羽織を着込んだところなんか、どうも胡散臭《うさんくさ》いですからな。それに、銭金のことしか言わぬし……」

「あの、自信満々な態度が逆にどうかと思える。なんだか、空《から》元気みたいでな」

木村の言葉を、中居が憂いを込めて引き取る。

ここまで聞けば、箕吉でも十兵衛とは誰のことか知れた。だが、話しかけるにはまだ早いと、さらに耳を傾ける。

「しかし、千両の手形を奪い返すにはあの人を頼らんとどうしようもなかろう」

「溺れる者、藁《わら》をもつかむってことですかな」

とうとう十兵衛は、藁とされてしまう。それを聞いて、むっとしたのは箕吉であった。

「まるで、川の中に飛び込んで、藁をつかんでいるって心境だな」

川面を見つめながら、中居が独り言のように言った。

千両の手形と聞こえたとき、箕吉は思わず『あっ』と声を発するところであった。

――この日だけで、千両の手形の話が二度も出てきた。

このとき箕吉の頭の中では、自分が女から受け取った千両の手形と、十兵衛がかかわっていると思われる手形とは異なるものだと思っていた。その偶然の符合に、箕吉は驚いたのであった。だが、それが偶然でないことを箕吉が知るのは、中居の次の言葉からである。

「返す返すも、あの女巾着切たち……」

悔恨こもる中居の口調であった。ここまで聞けば、箕吉としても黙ってはいられない。

――その千両の手形は……。

と、中居と木村の背中に向けて、声をかけようとしたときであった。

「箕吉ではないか」

声をかけたのは、高山藩から戻ってきた番頭の加介であった。

「あっ、番頭さん」

「こんなところで、何をしているのだ？」

「はあー」

咄嗟《とっさ》にわけも語れず、箕吉は返事を口ごもる。

そんな会話が中居と木村に聞こえたか、寄りかかっていた欄干から体を離した。

「さあ、藩邸に戻ろうか」

振り向きざまに、二人は加介の顔を見たが両者に面識はない。

「さあ、こんなところにつっ立ってないで、早くお店に戻るのですよ」

二人の侍に話をかけたいものの、番頭が箕吉を引っ張る。小僧の身では抗《あらが》えず、逆方向に橋を渡る侍たちとの差は、見る間に開いていった。

藩邸に戻った中居と木村は、さっそく上司の仲井に呼び出された。

連れていかれたのは、四方が襖で囲まれた六畳の部屋であった。その部屋が、なんのために使われるのかは分からない。客の間でもなさそうだし、仕事をする御用部屋でもなさそうだ。ただ、鬱《うつ》としたやけに陰気臭い感じだけが伝わってくる。

「ここで、しばらく待っておれ」

仲井に言われ、二人が中に入ると先客が一人座っている。

「おや、稲垣ではないか？」

「中居さんと、木村か……」

元気がないその声に、中居と木村は背筋にぞっと冷たいものを感じた。

「まさか……？」

顔面を青白くして、中居が口にする。

「ああ、そのまさかだ。どういうわけか、仲井様は知っていた。それで、今しがたまで、おれが問い質《ただ》されていたのだ」

中居の疑問に、稲垣は吐き捨てるように言った。

「それにしても、なぜだ？　利曾奈屋から、触れが回ったのか」

「利曾奈屋はないでしょう。あれだけ、黙っていてくれると約束をしたのですから。それと、話が早すぎます」

中居の問いには、木村が答えた。

「ならば、手形が直《じか》に藩のほうに……？」

「いや、そうではなさそうです。手形をどこで失くしたと、さんざっぱら訊いてきましたから」

「巾着切に盗られたと、言ったのか？　稲垣は……」

「仕方ありませんでしょう。もう、手形紛失のことは露見しているのですから。そんなんで今、ご家老と留守居役様たちで協議をしているみたいです。どうやら、身共ら三人は……」

部屋の畳床を見ると、五枚の畳表がどす黒く変色をしている。だが、中ほどの一枚がやけに真新しく見える。

「この部屋は……？」

中居に思い当たる節があるらしい。

「畳表が新しいのは、一畳だけ裏返しにするからだ。おそらく畳床は血を吸って……」

中居の話の途中で、いきなり襖が開いた。

「そうだ、ここは切腹の間である」

と言って再び入ってきたのは、上司の仲井であった。

「仲井様……」

苦渋に満ちた仲井の顔を見て、三人は絶句する。

「残念であるが、仕方なかろう。五年前、藩の金を使い込んだのが露見した家臣が切腹をしたのを最後に、この部屋は使っていない。血糊《ちのり》の臭いがしないのも、それだけときが経っているからだ。しかし、つらい話だが五年ぶりにこの部屋を使うことになった。藩のお偉方に、拙者は畳に顔を伏せて嘆願をしたのだが、家臣の粗相は見逃せぬということだ。二度と、このようなことが起きないよう、他の家臣の見せしめにするとのことだ。このところ、家臣たちの箍《たが》が緩んでいるようなことも言っていた」

頭ががっくりと下がる三人に向け、仲井の容赦ない言葉が降りかかる。

「しかしな、千両の紛失で、三人もの家臣をいちどきに失うのは、さすが藩としても損失がでかい。そこで、腹を召すのは盗まれた当事者である木村だけである。警備としてついていった二人は、忙しき折なのでな、五日間の謹慎と沙汰が決まった」

軽い咎《とが》で内心ほっとしたとは思っても、気持ちは外に出せない中居と稲垣であった。

苦渋の顔で、一度は訴える。

「そんな、木村だけに責を負わせるのは酷であります。これは、われら三人の不祥事。どうぞ、そろってのご沙汰をくだして……」

「いや、ならぬ。先に申したとおり、三人の損失は大きい。以後は木村の分までも、二人は働けとの仰せだ」

「く、くっくっ……」

中居と稲垣の口から嗚咽《おえつ》が漏れる。ここで、嘆願はあきらめたようだ。ほっとした思いを、悔し涙でひた隠す。

「二人の、仲間想いは身共にもようく伝わる。木村も、残念であろうが、潔くあの世へと旅立ってくれ。それで当家の仕来《しきた》りどおり、切腹は今夕暮六ツから翌明六ツまでの間に済ますこと。隣室には夜通し、介錯人が控えておる。心が決まったら、声をかけよ。首を討たれれば、腹が痛いと思えるのは一瞬だからな」

「はい……」

木村の返事に元気がないのは当然であろう。

「よし、覚悟は決めたようだな。それで、何か言い残すことはないか？」

「老いた父上と母上に、どうぞお達者でと……」

「そんないい男なのに、木村は独り者だったな。誰か、言い交わした仲の女はいないのか？」

「お静《しず》という娘御がおります。そろそろ祝言の話が……」

答えたのは、中居であった。それを聞いたと同時に、木村の目から涙が一滴したたり落ちた。

「なぜに、そのことを言わぬのだ。そうか、未練を残すのはいやだと思ったのだな」

つづけて中居が、木村の心内を代弁した。

「そうか。ならば、天晴れな最期であったと、伝えようではないか」

気持ちは汲み取ったと、上司の仲井が言う。

「今、なんどきでございましょう？」

木村が、蚊《か》の鳴くほどの小声で問うた。

「かれこれ、七ツ半にもなろうか。暮六ツまでには、半刻といったところかのう」

「……あと半刻か」

思い込んだような、木村の呟きであった。

「おい、木村。まさか、暮六ツと同時に……？　まだ、半日の間があるのだぞ。できるだけ、長く生きろ」

中居は説得しながらも、空しい思いにかられた。短命で半刻、長命で半日。たった一日もないそんな短い命に訴えて、なんの意味があろうかと。いずれにしても、もう木村には、お天道様を拝むことすらできないのである。

七

燭台に載っている百目蠟燭一本が、部屋の中の明かりであった。

ジージーと、蠟芯《ろうしん》が燃える音だけが部屋の中で聞こえる。切腹の間で、四人が黙したまま四半刻が過ぎた。

襖の外から、声がかかる。

「仲井様、仕度をいたしますので、別間に……」

畳を裏返し、三方《さんぽう》に懐紙を敷き、刃長《じんちょう》一尺の腰刀を載せて置く。そして、裏返しにされた、畳のうしろに白無地の屏風を立てかける。たったそれだけの仕度であった。

さほど、ときを待たずに木村は切腹の間へと戻される。暮六ツまでは、同僚である中居と稲垣がついていてよいとの、上司仲井の温情であった。その仲井は部署へと戻り、部屋の中は同僚の三人だけとなった。

仕度の整えられた部屋を見て、木村の切腹はさらに現実味をおびてきた。なんともおぞましい光景である。

「すまぬなあ、木村だけ……」

「身共の分も、長く生きてくだされ。お世話になりもうした」

「稲垣からも、何か言ってやれ」

中居に促され、うな垂れていた稲垣の顔が上を向いた。

「お静殿のあとのことは心配なされるな。面倒は、身共がみるによって……」

「なぬ！」

稲垣の本音を耳にし、木村の目に一瞬光が宿った。だが、それもすぐに光沢のないものへと戻る。

「そうか。ならば、お静を仕合わせにしてやってくれ。頼んだぞ」

「分かっておるから、心に不安を残すことはないぞ」

稲垣が、二度三度とうなずいて返した。

「そうだ、木村……」

今度は中居が口にする。

「おまえがもっている一竿子《いっかんし》の釣竿《つりざお》な、あれを拙者に譲ってくれ」

木村も中居も、大の魚釣り好きである。名匠一竿子作である十五尺の釣竿を、中居は遺品として所望した。

「ええ、かまいませんよ。三途《さんず》の川では、魚釣りなどできませんでしょうからな」

「もう、非番の日には木村と魚釣りに行けぬのか。寂しいのう」

中居が、しみじみとした口調で言う。

「ところで、木村のほとんど用のなさなかった、そこにある腰のものはいかがいたす？」

木村が、腰に差していた大刀は肥前《ひぜん》の刀工吉宗《よしむね》の作のものである。稲垣の口調は、それを望んでいるようにも聞える。

「これは、自分の家に代々伝わるもの。おいそれとは、他人にやることはできぬ。すまぬが、この刀を父上にお渡しくだされ」

「あい分かった」

幾分、気落ちする声で稲垣は返す。

結局、中居は釣竿を、稲垣はお静の世話をするのが、木村の遺品としてもらい受けることとなった。

遠く、暮六ツを報せる鐘の音が聞こえてきた。

「そろそろ、われわれは……」

「行かねばならぬ」

稲垣のあとを、中居が引き取って言うと重い腰を上げた。暮六ツ以降は、木村につき添うことはできない。

「世話になりもうした」

木村が、今生《こんじょう》の別れを告げる。

「それでは、ごめん」

中居と稲垣が出ていき、襖が閉められた。あとに残った木村は、裏返された畳床に正座をし、軽く目を閉じた。

たった一日で、自らの命を絶たなければならぬほどの出来事があった。あまりにも急なことで、思い残すことがないと言っては嘘であると、木村は自身に言い聞かす。

「言ったとしても、詮のないことよ」

今さら悔やんでも仕方ない。この上は、未練に惑わされることなく、早いところ見切りをつけようと覚悟を決めた。

残された半日を、つらい思いで過ごすのはいやだと、木村は早めのときを選んだ。

そして、四半刻が経った。

「いよいよか……」

木村は気持ちを決めると、隣室にいる介錯人に声をかけようと口を動かす。

「……あうー」

しかし、言葉がうまく出てこない。『それでは、お頼みいたします』と、言いたいのだが声にはならない。ためらいが、木村の口を止めた。

「これではいかん」

木村は、煩悩を振り払い、もう一度発声を試みる。

「そっ、それ……」

その先の言葉が、どうしても出てこない。最後まで言ってしまったら、そこで命がなくなるのである。

「駄目だ。どうしても言えない」

意思の軟弱さに、木村は自らを苛《さいな》む。

幾度、気持ちを行ったり来たりさせたであろう。

「これでも武士《もののふ》の端くれだ。最期の意気を示そうではないか」

これが最後と、小さな声で独りごち、自らの気持ちを鼓舞する。一気に言い放とうと、心に決めた。

そして、とうとう――。

「それでは、お頼みいたします」

木村の口から冥土へと自らを誘う言葉が吐かれた。震える声であったが、はっきりとした口調であった。

すると、音もなく襖が開くと、鍔《つば》のない白鞘を手にした介錯人が、一言も口を利かずに入ってきた。そして、木村の背後に立った。黙っても、一連の流れとなる作法である。

腰刀の載った三方を手元に引き寄せ、刀の鞘を抜く。物打ちに懐紙を巻き、切っ先を三寸ほど表に出した。

その所作を見て、介錯人は白鞘から刀を抜くと物打ちをあらわにする。八双《はっそう》の構えで、木村の次の所作を待つ。

百目蠟燭の光が、刀身に浮き出た刃文を揺らす。

木村が、懐剣の切っ先を腹に当て一刺ししたところで、介錯人の刀が振り下ろされ一巻の終わりとなる切腹の儀式である。

腹をめくり、刀をブスリと刺すと体が前のめりになる。おのずと首が伸びるところを逃さずに斬り落とす。自裁者を苦しめずにあの世に送るのが、介錯人の務めであった。

　着物の襟に手をやり、木村は両手でもって開いた。あらわになった腹を一撫でし、懐紙を巻いた腰刀を手にする。前に置かれた三方を片手で脇に払い、今まさに切っ先を腹に突き立てようとしたときであった。

「待て、待てい！　まだだったらその切腹、待ちなされ」

　機を推し計らったかのように、廊下から慌《あわただ》しい足音と共に声が聞えてきた。その声で、木村は三方に腰刀を戻し、介錯人は八双の構えを解いた。

「よろしいかな？」

　襖越しに聞こえた声には震えがおびていた。すでに、逝《い》ったあとではないかとの懸念が宿っているものと思われる。

「はっ、どうぞ」

　安堵の気持ちをあらわにして、木村が声を投げた。すーっと、静かに襖が開く。

「あっ、まさに既《すんで》のところ……」

　上司である、仲井の驚く顔であった。木村のうしろに介錯人が立っているということは、一呼吸でも遅れていたら木村はこの世にいなくなっていたことが知れる。

「危ないところであった。もう、腹を召すことはなくなったのだぞ」

言ったのは、仲井のうしろにいる上輩の中居であった。

「というわけで、介錯人殿、お引き取りあれ」

「かしこまった」

介錯人としても、仕事とはいえ人を斬るのは嫌なものである。ほっとした気持ちを顔に出して、反対側の襖を開き、そして出ていった。

「今しがた、柳生十兵衛どの……」

「いえ仲井様、菅生十兵衛殿であります」

中居が仲井の言い間違いを指摘する。

「同じような姿ではないか、そんなのはどっちでもよい。それでだ『仲人の仲に井戸の井の仲井様の配下で、居据わるの居の中居殿はいるか』と訪ねて来た」

木村に向けて、上司の仲井が経緯を説く。

「その十兵衛殿がな、千両の手形を届けてくれたのだ」

「えっ？」

中居の補足の説明に、木村の驚く目が向いた。

「詳しいことは告げていかなかったが、とにかく紛《まぎ》れもなく木村がもっていた当家の手形である。ゆえに、木村が腹を召すこともなくなったわけだ」

同僚の中居が、口早に言う。

「中居が身共のところに来ての、それをもってすぐに留守居役様のところに告げに行ったのだ。それで……まこと、間一髪ってところであったな。ほっとしたぞ」

襟をはだけさせ、木村の腹はむき出しになっている。一瞬でも遅れていたら、体が畳床に伏せ、転がる頭の木村に向けて、この報告をしたのかと思うとぞっとする上司の仲井であった。

「ただしだ、手形を紛失した落ち度には咎めがなくてはいかん。それで木村も、中居と稲垣同様五日間の謹慎とする。それで、よいか」

「ははぁー」

裏返した畳床の上に、木村は両手をつき顔を埋めるほど、仲井に向けて拝した。

木村の命が助かり、中居と稲垣の祝福を受けているそのころ。

十兵衛は、木村が絶体絶命の危機を乗り切ったことも知らず、客の引けたうまか膳で三人の手下と酒を酌み交わしていた。

大諸藩でもらった三枚の鯣が焼かれ、細く千切った烏賊の身をしゃぶりながらの会話であった。

「それにしても、高山藩の千両の手形が武蔵野屋さんにあったとは思わなかったな。それに拙者がかかわっていることを知ったら、堀衛門さんは驚いておったぞ」

「これで、三人のご家臣の命は助かるのでしょうね」

「ああ、もう心配はなかろう」

既のところで木村が腹を切ろうとしたのを知らずに、十兵衛は菜月の問いに答えた。

「それにしても、女巾着切が手形をどこかに流さなくてよかったですな。箕吉に預けたのが、幸いでした」

五郎蔵が、湯呑に注がれた酒を呑み干しながら言った。

「しかし、おいらは女巾着切を見つけることはできなかった」

がっかりとした口調で、猫目は言う。

「もういいさ、猫目。一件落着をしたのだ。それよりも、これからは大諸藩の仙石紀房を、どないしていてこまそうか考えようぞ」

「あのう、今変な言葉をおっしゃらなかったですか？」

菜月が、いぶかしそうに十兵衛に問う。

「そう、聞いたことのない言葉でしたけど。どないしてどうのこうのと言ってましたが、そのへんあたり……」

さらに菜月が、意味不明の個所を指摘する。

「ああ、それは上方弁だ。大諸藩の屋敷内では、拙者は上方から出てきたとの触れ込みになっているのだ。そんなんで、南風先生から教わった上方弁を駆使しているのだが、それがけっこう骨でな。ときどき、使い忘れることがある。信州弁が出ないよう、気を遣っておるのだぞ」

菜月の問いに、十兵衛が大諸藩内での苦労を語った。

「どないしていいてこまそうかと言うのは、どのようにしてやっつけようかという意味と思えばよい」

「なるほどですなあ……まあ、一献」

五郎蔵が、十兵衛の湯呑に酌をする。

思えば、十兵衛が朝に大諸藩の藩邸に行ってからの、一日の出来事であった。

「……長い一日だったな」

十兵衛は、長い一日を振り返りながら、五郎蔵から注がれた湯呑の酒を呑み干すのであった。

第三章　食道楽《くいどうらく》の競い合い

一

それから五日ほど経った、朝方。
大諸藩の御用人である春日八衛門に呼び出され、大諸藩へ十兵衛は赴《おもむ》くことになった。
「……きょうこそは何か進展があるだろう」
道々独りごちながら、勇む足が大諸藩へと向かう。
十兵衛が呼び出されたということは、近々に藩主仙石紀房の外出があるということだ。
五日ぶりの、大諸藩への訪問であった。いつもの部屋に案内されて、春日と向かい合う。

「ご苦労であった。それで、そこもと数日前に脇坂様の屋敷の前で、三人の侍たちと立ち会わなかったか？」

挨拶もそこそこ、春日が切り出す。

「はい。それがどうか……いや、それがどないしはりました？」

うっかり、十兵衛は上方弁《かみがた》を忘れるところであった。

「うむ、当家の家臣が見ておっての……」

十兵衛は、その家臣が村田英之助であることは知っている。しかし、その名を出さず、知らぬこととして十兵衛は話を聞き入ることにした。

「左様でしたか。ちいとも、気がつきまへんでした」

こんな上方弁でいいのかと、不安にかられて口にする。

「そうか、遠目で見ていたらしいからの、気づかぬのも無理はなかろう」

どうやら意味は通じているようだと、十兵衛は内心ほっとする。春日は、十兵衛の惚《とぼ》けを知らぬつもりで相対する。

「それにしても、おぬしの腕にはわが家臣も感心しておったぞ。何せ、剣先鯣《するめ》でもって、刀と対峙《たいじ》したと言っておったからな。それも三人。鯣でもって横っ面をひっ叩き、一人には剣先を口につっ込み、一人は鋭い縁で頬を斬る技など、そんな芸当は容易にはできぬものだ。わが殿の、警護役としてこれほどうってつけで、頼もしい者はおらぬ。これからも、よろしく頼むぞ」

「おおきに。こちらこそ、よろしゅう頼みます」

上方弁で礼を言い、十兵衛は謙虚に頭を下げた。

「うむ。それでだ……」

いよいよ春日が本題に入ろうとする。仙石紀房の外出のときと場所が告げられるのであろう。十兵衛は、逸る気持ちを抑えて春日の次の言葉を待った。

「きょう来てもらったのは話が二つあってな、まずはわが殿の警護とは、異なることから話すとしよう」

紀房外出のほか、さらに十兵衛を必要としている仕事があるらしい。それが何か予想もつかず、ただ黙って春日の話を十兵衛は聞き取ることにした。

「おぬしは、信州は飯森藩主皆川弾正様って知っておるか？」

春日の口から意外な名が出て、十兵衛は思わず表情が変わるところであった。そこを、既《すんで》にして真顔でいられたのは忍びの長としての技量であった。

「いえ、存じません」

ここは、知らぬことにしておくのが賢明である。だが、十兵衛の心の臓は今、はちきれんばかりの高鳴りを打っている。その鼓動が、春日の耳に届くのではないかと十兵衛は気になるほどであった。

「そうか。信州は北部を領地にもつお大名なのだがな、それでも知らぬか？」

「へえ、すいません」

二度も訊かれ、十兵衛としては謝る以外にない。だが、その念の入った訊き方に十兵衛は心の内で身構えた。春日の表情に、十兵衛の心内を探るような、不適な様子が感じられたからだ。

「まあ上方の者では、知らぬのも無理はなかろう」

言いながら、春日の表情もいつものものへと戻る。十兵衛の取り越し苦労のようであったものの、ほんの少しでも不穏な表情が顔に表れたら、すべての計画はふいになるどころか、命までが危うくなる。

――いかん。ここは毅然としていなければ。

ここは気を引き締めねばと、十兵衛は臍下丹田《せいかたんでん》に力を入れた。

「その飯森藩主皆川弾正様は、わが殿とも懇意になされておってな……」

「へえ、左様ですか」

そのあたりのかかわりは、十兵衛もよく知っている。いろいろな経緯が脳裏をよぎり、十兵衛は思わず言葉を挟んでしまった。

「左様ですかって、他人の話に口を挟むのではない。最後まで、黙って聞いておれ」

「すいません……」

春日にたしなめられ、十兵衛はひとつ詫びを言った。そして、春日の語りはつづく。

「その皆川様がだな、あと一月半のちに参勤交代で江戸に出府して来る」

皆川弾正が江戸に来る。十兵衛の落ち着きを見せていた心の臓は、またもドキンと一つ大きく高鳴りを打った。だが、顔は平然としている。十兵衛が、忍びの技である『泰然自若《たいぜんじじゃく》の術』を駆使する。

「このお方も、わが殿同様に旧松島藩士から命を狙われておるのだ。まったく、逆恨《さかうら》みとしか思えぬのに……まあ、それはどうでもよい。そこでだ、わが殿が国元に戻ったあとは……」

と聞いた瞬間、十兵衛は思わず『えっ？』と、驚く声を発したかというとそうではない。表情も一切変えずに、春日の話に聞き入る。

「この皆川弾正様を守ってもらいたいのだ。これは、わが殿が皆川様に書簡を差し向けて、おぬしのことを告げたらしい。警備役に相応《ふさわ》しい腕の立つ者がいるので、警護を任されたらいかがと、推挙したのだ。それで、向こう様は是非にということになった。この皆川様も、お忍びで出かけることが多いらしいからな。とくにこっちのほう……いや、余計なことは言うまい」

慌てて春日は言葉を置いた。とくにこっちのほうと言ったとき、右手の小指が立ち上がりそうになったのを、十兵衛は見逃さなかった。皆川弾正の女好きが元で、水谷家は崩壊したといっても過言ではない。そのことは十兵衛もよく知っていて、その点では紀房よりも討ち取りやすいと、十兵衛は踏んでいる。

仙石紀房だけでなく、皆川弾正の懐深くに入り込める。こんな機会を逃すと、二度とは訪れてこないと、十兵衛はすぐにでも返事を出したいところであった。

「どうだ、引き受けてくれるか？　もしよければ、皆川様に殿から返事をもたらすが……」

しかし、春日に如何《いかん》を問われても、十兵衛は即答を避けた。

「そうですか。しかし、こちらも忙しゅうおましてなあ……」

一度は拒む様子を示す。

「そこをなんとか……どうか、わが殿の顔を立ててはくれまいか」

春日の二度目の懇願に、十兵衛は居《い》たたまれなくなる。

「さようですか、ならば是非……」

ここでは二顧でもって、承諾をした。以前、三顧まで待ったが、春日に引かれてしまった。同じ徹《てつ》は踏まぬと思ったからだ。

「よし、ありがたい。さっそく、殿に申し上げようぞ」

この一月《ひとつき》の内に仙石紀房を成敗し、そして皆川弾正に大願は移る。思わぬ展開になって来たぞと、十兵衛はほくそ笑むかといったらそうではない。ここも、ぐっと『泰然自若の術』で乗り切るのであった。


大願成就の、絶好の機会が、向こうからおのずとやってきた。

二年三年、いや五年十年の長き歳月を覚悟していたものが、信州松島の国元で決意してから、わずか一年と数か月で大願が果たせると、十兵衛の内心では飛び上がらんばかりであった。しかし、表情はあくまでも冷静沈着を装う。

「それでは、飯森藩の皆川弾正様には殿のほうからよしなに伝えていただくとして、今度はこちらの頼みだ」

いよいよ仙石紀房の外出のときが告げられる。十兵衛は聞き逃すまいと、耳のほうに神経をもっていった。

「先だって、おぬしに鰑を三枚、警護の礼として遣わしたであろう」

「へえ、おいしくいただきました」

「あれはな、越後は高山藩の特産品でな、滅多に獲れぬ剣先烏賊を鰑干にした貴重なものであるのだ」

「何かそのようで。剣先烏賊というのは、相当深い海におりますそうで……」

「よく存じておるな、そんな烏賊のこと」

「はい。その高山藩のご家臣に聞いたものですから」

「ほう、高山藩のご家臣からとな。それはいつのことであるかな？」

「ですから、鰑をいただいたあの日です。三人のお侍とやりあった話を、先ほどされましたでしょう」

「ああ、言ったな。当家の家臣が鰑の技を……えっ、まさかその三人が高山藩の……」

語る途中で、春日は絶句する。

「さようです。自分のお国の特産物で、痛めつけられたのですから、笑っちゃいますでしょ」

鰑三枚が、大諸藩にとって大きな意味をもつことは十兵衛にもおおよその見当はついている。それを、あえて惚ける形で言った。しかし、春日の顔は青ざめている。

「それで、その三人の侍には言わなかったであろうな」

「何をですか？」

「その鰑を、大諸藩からもらったなどと……」

ここで十兵衛は、中居たちに訊かれたことを思い出す。『――十兵衛殿は、信州の大諸藩か飯森藩と何かかかわりがおありでは？』と。しかし、それは春日には黙っていた。鰑三枚を利用して、いかに紀房の成敗にもっていくかを考えているところだ。

――ここで、手の内を晒《さら》すことはあるまい。

「誰が言いますか、そんな余計なことを」

十兵衛は、声高に否定をした。

「ならば、それでいい」

「あのもらった鰑に、何かあるのでございますか？」

春日の、ほっと安堵する声音に、十兵衛が問いを重ねた。

「いや、なんでもない。気にするな」

このとき、春日の胸の内は不安に苛《さいな》まれていた。

高山藩主松平清久から贈られたものを、一介の浪人に施してしまうなど相手が知ったら気を悪くするに違いない。しかも、仙石紀房の大好物で、たっての願いで所望したものである。このことが知れたら、両家の仲は断絶におよぶかもしれない。五両の謝礼を鯣三枚で誤魔化そうとしたのが間違いであったと、今さらながら春日は悔やむ。

「鯣のことは絶対に口外しませんさかい、どうぞご安心ください」

ときどきは、上方弁を織り交ぜる。

気にするなと言っても、春日の表情は憂鬱そうに曇っている。その心の内が分かる十兵衛は、何知らぬ顔をしてこの後も春日と向き合う。

「うむ。それでは、鯣のことはこれきりとしよう。そこで、わが殿のほうの用件だが……」

「はい……」

十兵衛が、居ずまいを正して春日の言葉を聞き取る。

「殿が、囲碁が好きなことは知っておるよな」

「はい、佐原藩のお殿様と……もうやりませんのですか？」

「今度は、佐原藩の殿様が当藩邸に来る番なのだが、それがどういうわけだか、断ってきた。殿も、国元に帰る準備もあるので、しばらくは囲碁の対決はなかろう」

佐原藩の松山宗則が来ないには理由《わけ》がある。十兵衛はその理由は分からないが、確執が生じたことに違いないと思っていた。だが、あの夜の襲撃は旧松島藩士の手の内によるものと、大諸藩が取っているうちはそれを口にすることはなかった。

二

これで、仙石紀房の囲碁での外出はなくなった。

「囲碁でないとしなはりますと、なんでございますか?」

同じ上方弁でも、いろいろな地方の言葉が入り乱れている。信州と上方が離れているのが、十兵衛には幸いであった。

「囲碁のほかに、わが殿の道楽《どうらく》はもう一つある。それは、食《くい》道楽というものだ」

「食道楽でっか?」

「そうだ。とにかく、食うものには目がない。それも、とくに世の中にはあまり出回ってない、珍しい食材を好まれるのだ。先の剣先鯣なんぞも、それだ」

「そないでしたら、蝮《まむし》とかいもりなどはどないです?」

「なんだか、おぬしの上方弁も分からなくなってきてるな。もう少し、まともな言葉にならんのか」

江戸言葉にすると、信州の訛りが幾分出てしまう。それを誤魔化すための上方弁である。

「すいません。でしたら……蝮とかいもりなどというのはいかがなものでしょうか？」

「おや、少し発音に信州の訛りがあるな」

気をつけてはいても、幾分は出てしまう。『訛変化《なまりへんげ》の術』にも、限界というのがあった。これはまずいと、十兵衛は言い繕いを考える。

「はい。こちら様に出入りしていますと、みなさま信州弁でそれがうつってしまったものと……」

「そういうことも、あろうのう。まあ、言葉なんぞどうでもよい……」

十兵衛の言い繕《つくろ》いは、効を奏したようだ。ほっと安堵の胸を撫で下ろす。

「ところで、先ほど蝮とかいもりなどと言っておったが、殿は下手物《げてもの》は一切やらん。あれほど蛇《へび》が嫌いなのは知っておろうが」

「そうでしたなあ」

「きちんとした食材であって、しかも珍しいものだ。そうだなあ、季節を先取りするようなものが好みだ。例えばだな、鰹《かつお》などは青葉が生い茂ったころが旬であろう。それでも、なかなか口には入らんものだが、殿はそれより二月《ふたつき》ほど前に獲れたものを食する。鰹が黒潮に乗りはじめ、琉球《りゅうきゅう》あたりを回遊しているのを捕獲したものだ。形ぶりは大きく育ってはないが、なんせもの珍しい。まあ、そんなようなものを好みとする」

「食道楽は分かりましたが、それをどないしろと？」

「まあ、聞け。先ほど話に出た高山藩のお殿様も、これも聞きしに勝る食道楽であってな、このたびわが殿と競うことになった」

「競うとは、どんなことで……？」

「ここで、警備のほうに気を遣うことになる」

ようやく春日の話は、十兵衛にとって重要な領域へと入ってくる。前置きの長さに十兵衛は閉口《へいこう》をしていたものの、これからが肝心とさらに気持ちの緒を引き締めた。

春日が幾分身を乗り出して言う。

「も少し、近くに寄れ。どこに間者《かんじゃ》の耳があるかもしれんでな。元松島藩士の残党が、どこかに隠れ忍んでおらぬとも限らん」

春日は、元松島藩士の残党である十兵衛を近くに寄せて、小声で語りはじめた。

「先だって、高山藩の松平清久様がお越しになられてな、例の鰑をくだされたのだが、そのときひょんなことから言い争いがはじまった。傍《はた》から聞けば他愛もないことでな、どちらが食通であるかと我《が》を競ったのだ」

そろそろ秋の気配が訪れてくるころである。

仙石紀房が、国元に戻る一月《ひとつき》後には秋も深まってくる。世の中には、海の幸山の幸と、いろいろな食材が出回り食道楽には堪らない季節となってくる。

「そんなことから、殿が信州の国元に戻る前に、競い合いをやろうということになった。ああ、どちらが食に通じているかってことだ」

「左様でおますか。それで、その競い合いってのはどないにしてやりはりますので？」

「どないにしてやりはりますってのは、どういう意味だ？」

「いつ、どこで、誰が、何を、どのようにしてやるかってことです」

十兵衛が、普段の言葉に言い直す。

「そうか。誰が、何をというのは、今しがた語ったであろう。誰がは殿たちが、何をは、食通を競い合うってことだ」

「左様でございましたな。それで……」

十兵衛は大きくうなずいて返し、春日に話の先を促した。

「いつというのは、わが殿が帰国する五日ほど前であろうな。きょうが七月《ふみつき》十四日であろう。江戸を経つのが八月《はづき》の二十日であるから、およそ一月《ひとつき》後の八月十五日がその日である。秋に入り、食欲が増すころと言っておった。本来なら、もう少し秋が深まってからがいいのだろうが、国元に戻らんでいかんのでな、その日とあいなった」

八月十五日と、十兵衛は頭の中にその日を叩き込んだ。

「それで、競い合いとはどのようにして……？」

「なんだか知らぬが、十ばかりの料理を並べて、それにはどんな食材を使っているかを当てるというものらしい。なんでそんなことをするのかってか？　いや、殿様の考えていることは、わしらにはよう分からん」

呆れ返った口調で、春日は語る。しかし、十兵衛にとっては貴重な情報であった。

そして、もう一つ肝心なことが残っている。

「それを、どちらでやりますので？」

「それが、まだ決まっておらんのだ。今、一番決めるのに難儀をしているところだ。と言うのはだな、互いの藩邸に赴いても、これは勝負にならんであろう。かといって、互いに息がかかったところの料亭を選んだとしても、贔屓《ひいき》をするということで、どちらの藩からも料理屋が選べんのだ」

中立の立場に身を置く第三者を探し、その者に場所を決めてもらうのがよいのだが、それも適《かな》わぬと春日は言葉を添えた。

「なぜに、第三者では適わぬのです？」

「その、第三者ですら互いに選べないのだな。自分らの息がかかった者に選ばせるってことで、疑心暗鬼がともなってくるでな。あちら立てれば、こちら立たずで、これといった行司役がおらんのだ」

このとき十兵衛の頭の中は、これぞ絶好の機が訪れたと、沸騰の極みに達していた。興奮で胸が高鳴り、血の圧が上がる。年寄りならば、卒倒もしかねんほどの激昂であった。だが、表情は平常を装う『泰然自若の術』を、十兵衛は駆使する。

十兵衛は、ここで考えていた。

――大諸藩と高山藩を取りもつのは、拙者しかいない。

「ならば、拙者が一役……」

買おうと、十兵衛はひと膝寄せて身を乗り出した。

「おぬしがか？」

「左様で。食通を競う料理屋から、板前までの調達を拙者に任せていただけないですかな？」

　ここは重要な申し出と、十兵衛は言葉を本来のものに戻した。

「だが、それでは当方の息がかかった者として、先方が得心をせぬであろう」

「いや、それをうまく成し遂げるのが陰聞き屋の仕事でして……もし、うまく行きましたら松の料金の五両ということで、いかがですかいな？」

　陰聞き屋の仕事としておけば、奥に含む魂胆を怪しまれずにすむであろう。余計な詮索はされまいと、上方弁で語尾を軽くする。

「高山藩のほうには、どう渡りをつけるのだ？」

「最前から申しておますとおり、そんな難儀を解決するのが陰聞き屋の仕事です。そこはうまくやりますので、是非にお任せを。よろしければ、十日ほどときをいただけましたらありがたいものと。それでしたら、お相手の高山藩と話をつけ、競い合いの場所と板前を決めておきますがな」

「すべては、おぬしのほうで段取りをつけてくれるというのだな。相手が納得すればそれでよし。叶《かな》うとあらば、それに越したことはないからのう。身共《みども》の肩の荷も下りようというものだ」

大諸藩の重鎮春日八衛門を得心させ、ぐっと手元に紀房打倒の機会を引き寄せた十兵衛は、この計画を磐石なものとするために、もう一手を放った。

「お殿様が、勝てばよろしいのですな？」

家臣としてはこんな勝負、どちらが勝とうが負けようがどうでもよいと思っている。ただ、その結果いかんによって、殿様の機嫌が悪くなるのが一番いやなことだ。十兵衛は、そんな春日の思いにつけ込んだ。

「よし、あい分かった。おぬしにすべてを任せるとしようではないか。よしなに頼むぞ」

「かしこまりました。それでは、松で請け負わせていただきます」

かくして食道楽の競い合いの取りもちは、商談として成立をみたのであった。

「ところで、それまでは殿様の外出はあらへんのかいな？」

ずっと張り詰めていた十兵衛の気持ちは、ここに来てようやく緩みをもった。それが、口調になって表れる。

「それにしても、変な言葉であるな。どうも、目上を敬うものとはとても思えん」

「まあ、よろしいですがな、なんだって。それで……？」

「そうか、殿の外出であるか。あれから殿はな、恐ろしいといって外出を控えておるのよ」

　あれからというのは、佐原藩からの帰りに襲撃をされたときをさす。

「なぜに、そのようなことを訊く？」

「それはですな、おおよそいつごろか知っておけば、心の準備というものが……」

「なるほど。そこもとの都合というものがあろうからな。だが、そんなことでここ当分は出られぬであろう。食通の競い合いまではな」

　その十兵衛たちが、虎視眈々《こしたんたん》と狙っているのも知らずに、春日は口にする。

　討ち取りの機会は、そこだけで充分だと、十兵衛は策を一本に絞り込むことにした。

「さようでありましたか。ほな、お任せくださいな」

　言って十兵衛は、深く頭をさげた。

「それではこれで……」

　そして、暇《いとま》をしようと片膝を立てた。

「おい、誰か腰のものを……」

　春日の声で隣を仕切る襖が開く。十兵衛の愛刀、摂津の刀工丹波守吉道の造りは、念のためにと預けられてあった。それを家臣が手にして、十兵衛に渡した。

　十兵衛は、腰には差さず、鞘を手にもち立ち上がった。

「ほな、さいなら」

そして、挨拶を一言残すとその場をあとにした。

三

願ってもない千載一遇の機会が、十兵衛たちに訪れた。

食通の競い合いの話を、どのようにして高山藩にもっていくかが、問題である。それさえうまく切り抜ければ、十中八九は仙石紀房を仕留めたのも同然である。だが、仕損じないために、十中の十になるよう万全な策とせねばならない。

「……その手立ては、これからみなで考えることにする」

大諸藩上屋敷を出て、独りごちながら十兵衛はどこに行こうか考えていた。真っ先にうまか膳に行って五郎蔵と菜月を前にして、語りたかったが昼めしの仕込みで忙しいときだ。ここは、じっくり話をしようと二人が落ち着くときを待つことにした。

「……猫目がいればなあ」

ときを潰せると思うものの、猫目は今はうまか膳にはいない。正午《ひる》までにはまだ半刻ほどある。それまでどこかで自分なりの案を練り、そしてうまか膳に行って飛び切り『塩辛い焼き鮭ご膳』を注文することに決めた。

「昼過ぎには、猫目も戻ってくるしな……」

猫目には、あらかじめ話しておこうと十兵衛はそのとき思った。

猫目は引きつづき、佐原藩の庭師として入り込んでいる。

佐原藩の庭から青大将の駆除を頼まれ、それはほとんど成し終わっている。姫様の愛犬である斗斗丸《ととまる》を大蛇の牙から救ってあげたのを機に、猫目は篤姫《あつひめ》から好かれることになった。今ごろ猫目は、篤姫の相手をしているころである。そのために、雇われたと思えばよい。

佐原藩邸の裏庭で、猫目が剪定鋏《せんていばさみ》をもって、庭木の枝を切り落としている。庭師が剪定した庭木を、さらに猫目がいい加減に枝を切るから、せっかくの枝振りがほとんど台無しになっている。

篤姫を相手にしていないときは、手持ち無沙汰で仕方がない。少しは庭師の真似事と思ってしていることだが、佐原藩にとっては迷惑この上ない。家臣が首を宣告しようにも、篤姫がそれを阻止する。

「――猫八《ねこはち》を首にするのは、断じてならぬ」

猫目は、猫八という名で佐原藩に入っている。篤姫の、号令一喝《いっかつ》で猫目はこの日も、余計な枝を切っているところであった。

「わんわん」

猫目の元には、斗斗丸が先に駆けつけてくる。斗斗丸にとっては、猫目は命の恩人なのである。

「おう、斗斗丸か……」

足元でじゃれつく斗斗丸を、猫目が腰を落としてあやしていると、背中から声がかかった。

「猫八、来ておったか……」

篤姫の声を聞き、猫目は振り向く。

「はい、篤姫様……」

「はぁー」

猫目が顔を篤姫に向けて挨拶をしようにも、この日ものっけからのため息であった。

篤姫の様子を目にして、三人の侍女たちが袂で目尻を拭っている。

そんなことが、大諸藩主の仙石紀房が囲碁をしに来た次の日以来、ずっとつづいていた。

それを猫目は、佐原藩士が紀房を襲撃したこととかかわりあると、取っている。その理由《わけ》を知りたく、佐原藩に入り込んでいるといっても過言ではない。

――篤姫様と大諸藩の間で何があった？

しかし、猫目からは訊きようのないことであった。

「なんだか篤姫様、お元気がねえみてえですねえ？」

せいぜい、このぐらいのことしか訊けぬ。

「いや、そんなことはありませぬぞ」

すぐに、空元気《から》となって猫目と四半刻ばかり話をする。それが終われば、猫目はお役ご免となって屋敷の外に出られる。そんな日課であった。

この日も篤姫は、深いため息から入った。

「きょうも、お元気がなさそうで……」

心配そうに、猫目が声をかけた。

三尺高い外廊下に篤姫は正座をし、それを地べたに座る猫目は、見上げる形で話をするのが、これまでであった。四半刻もその状態でいれば、猫目の首がこってくる。逆に、篤姫は見下ろす形となるので楽なものである。

だが、この日は違った。侍女が篤姫の草履《ぞうり》をもっている。

「わらわも、庭に下りてみたい」

篤姫の言葉を、猫目は不思議に思っていた。なぜに今まで、篤姫は庭に下りてこなかったのだろうかと。

「だいじょうぶでございますか、篤姫様？」

侍女が訊く言葉にも、猫目は首を傾げた。

「もう、平気だぞえ。猫八も上を向いて話をするのでは、首が疲れるであろうからの、わらわが庭に下りることにする」

どうやら、篤姫には庭に下りられなかった理由があったらしい。

「今まで、どうして庭に下りられなかったので？」

猫目が問う。

「そなたが、枝をみんな切り落としてくれたおかげであるぞ。あの木には、毛虫がたくさんおってのう」

篤姫が嫌いなのは、蛇ではなくて毛虫のほうであったらしい。庭木はほとんど丸坊主となって、毛虫のたかる場所はなくなっている。それで庭に下りる気になったのだと、篤姫は言った。

「ありがとのう、猫八」

斗斗丸を抱いて、廊下から地面に渡す階段を、篤姫は侍女を伴い下りてきて言った。

猫目は、篤姫の顔を正面で、しかも至近で見たのは初めてであった。つぶらな瞳で、眉毛が幾分垂れ気味なところに、なんともいえぬ愛嬌があらわれている。さして美人とはいえぬが、姫君らしい愛らしさが滲んでいる。おごり高ぶらない性格が、その表情からも見受けられた。

「あそこに、座ろうぞ」

池の周りは武州《ぶしゅう》は神流川《かんながわ》上流で採掘される三波石《さんばせき》で覆われている。腰をかけるには、うってつけの庭石である。侍女が小ぶりな緋毛氈を石に被せ、篤姫はそこに腰を落とした。猫目は直に坐る。

篤姫と猫目が並んで坐るのを、侍女たちは立って見守る。

「わらわは、猫八に話があるのじゃ」

「あっしにですかい？」

「そうじゃ、猫八にならわらわの思いを打ち明けられると思ってのう……」

篤姫の口から、今まで悩んでいたことが聞ける。それは篤姫にとって、よほどの決断なのだろうと、猫目は背筋をピンと伸ばして聞き入ることにした。

「どんなことですかい？　ですが、あっしで役に立つかどうか……」

「いいのじゃ、別に役に立たぬでも、お話を聞いてくれるだけでのう。はぁー」

「よほど深いお悩みのようで……」

またも出た篤姫のため息に、猫目は悩みの深さをあらためて思いやった。

「それにしても、悔しいのう……」

苦渋のこもる篤姫の、打ち明けの第一声であった。

「悔しいとは……？」

「破談になったのじゃ」

いきなり破談と言われても、猫目にはなんのことだか分からない。そのあとの言葉を待ったが、篤姫はよほど悔しいのかキリキリと歯のきしむ音を立てるだけだ。それでも、猫目から話をかけようとはしない。

「わんわん」

しばらくすると、篤姫に抱かれた斗斗丸が、話をけしかけるように鳴きはじめた。

「左様か、斗斗丸。猫八にお話を聞いてもらおうと思っておるのにのう……」

黙っていては埒《らち》があかぬと、篤姫はようやく話す気になったようだ。

「実はの、猫八……」

「へえ」

篤姫は、仙石紀房の次男で二十三歳になる守房《かみふさ》のもとに嫁ぐことに、話は決まっていた。それが、急にしかも一方的に破談にすると言ってきた。どうやら、佐原藩松山家との縁談より上の、いっそうの良縁がもち込まれたらしい。仙石家の上屋敷に出向いてまで整った縁談に、篤姫は大いに乗り気であったのだ。

そんな経緯を、ときどき言葉を詰らせながら篤姫は語った。

「そんなことが、あったのですかい」

一方的に縁談破棄を申し出てきた仙石紀房が、佐原藩士の怒りを買って襲撃された。うすうすは、そんなことがあったのだろうと猫目は考えていたが、篤姫から直に話を聞いて、仙石紀房の勝手ぶりに怒りすら覚えるのであった。

「それで、悔しいてのう。猫八を遣わし、蛇の退治までして差し上げたというのに……」

「恩を仇《あだ》で返されたってことでしょうかねえ。分かりました、篤姫様。あっしが、仇《かたき》を取ってやる」

「仇を取るって……？」

憤りを口にした猫目は、篤姫の問いに思わず自分の口を塞《ふさ》ぎたくなった。仙石紀房への仇討《あだう》ちは、猫目たちの大願でもある。その心根は相手が篤姫といえど、けっして他人には触れてはならぬことであった。しかし、口から出てしまったものは、引き取りようがない。

「あっしには仇など取れないから、なんらかの手立てでこらしめてやろうってことでさあ。さて、何がいいかなあ……」

猫目は、顔を天に向け考える振りをした。

「こらしめてやろうと言うのかえ。ならば、青大将などどうであるかのう」

蛇が嫌いな紀房を、脅えさせようというのが篤姫の狙いであった。

一度は上屋敷の中に青大将を放り込み、うまく猫目は潜入することができた。だが、同じ手を使ってうまくいくかどうかは分からない。もしも事が露見すれば、せっかく十兵衛が中に入り込んでいるのを邪魔することにもなりかねないと、篤姫の案に猫目は引け目となった。

「そんなもんで、驚かすぐらいじゃ面白くねえな。もっと、ぎゃふんと言わせるものでないと……そうだ、そのお殿様の好きなものって聞いてますかい？」

「囲碁のほかに……そうだ、あのお殿様はずいぶんと食い意地が張っていて、食道楽でありますぞえ」

「食道楽ですかい……？」

　と言って考える素振りの猫目に、篤姫の訝《いぶか》しげな目が向く。

「猫八に、何かよい案が浮かんだのかえ？」

「いえ、ちょっと待ってくださいな」

　しばらく考え、猫目は何を思いついたか、その目を篤姫に戻した。

「でしたら、篤姫様……」

「おお、よい考えが浮かんだようだの」

　篤姫の表情も、明るくなる。

「こんなのでどうでしょうか。内緒で、蝮《まむし》の蒲焼きを食わしてやるってのは」

「蝮の蒲焼きかえ？　それは面白そうだのう。食したあと、蝮と言えば腰を抜かすであろうのう。わらわには、その様子をうかがうことは叶わぬが、驚く様が目に見えて分かるようじゃ」

　篤姫は、猫目の案に得心したようだ。

「篤姫様のお気持ちが晴れれば、それでよろしいのでしょう？」

「それが叶えば、わらわはもう満足じゃ」

「そんなことでしたら、あっしに任せておくんなさい。なんとか蝮を食わせてやりますから」

「そうかえ、猫八。頼んだであるぞ」

それを機に、篤姫の明るさはもとへと戻った。

猫目はこのとき考えていた。仙石紀房の食道楽を利用して命を奪う方法はないものかと。しかし今、十兵衛がそのことで考えていることなど、猫目は知る由がない。

主君の仇のほかに、猫目には篤姫の意趣返しが加わる。

猫目は篤姫と約束を交わすと、佐原藩邸をあとにした。

四

正午には、まだ間がある。

「十兵衛さんは来てますかい？」

うまか膳に戻った猫目は、店開けの準備をする菜月に声をかけた。

「ああ、二階で寝そべってるよ。昼には飛び切り塩辛い焼き鮭ご膳を食べるんだってさ」

「飛び切りですかい……」

かなり重要な話があると感じた猫目は、外から裏に回ると階段を駆け上がった。

「十兵衛さん、おりますかい？」

障子戸越しに、猫目は声を投げた。

「おお猫目か、おまえを待ってたのだ。いいから、入れ」

障子戸を開けると、寝そべっていた十兵衛がその大きな体をもち上げるところであった。

「どうだった、きょうの姫様は。やはり、元気がなかったかい？」

猫目の顔を見るなり、十兵衛は篤姫の様子に触れた。

「それがです、篤姫様の悩みが分かりましたぜ」

「ほう、いったいどんなことで塞いでたい？」

十兵衛の問いに、猫目は篤姫と話したことのすべてを語った。

「なんだって、縁談が一方的に破棄されたってのか？」

「そのようで。あっしには、むしろありがたいことで」

この縁談が成立していたら、猫目としては、仇討ちはやりづらいものとなっていただろう。篤姫の舅《しゅうと》を手にかけることになるのだ。篤姫のことを思えば、気も引けようかというものだ。

「猫目にとっては、そうであろうな」

十兵衛には、そんな猫目の気持ちがよく分かる気がした。

「それで、猫目には篤姫様の意趣返しも加わったってことか」

「ええ、食道楽につけ込んで、蝮の蒲焼きでも食わせてやろうかと……」

「なるほど、蝮の蒲焼きか。五郎蔵の得意とするところだな」

十兵衛は猫目の案に同調しながら、不敵な笑いを浮かべた。

「何か、あるんですかい？」

十兵衛が、そんな笑いを浮かべたときには大事な話があるのを猫目は知っている。

「そういやあ、飛び切り塩辛い焼き鮭ご膳を食いたいって言ってたみたいですが……」

「菜月に聞いたか？」

「へえ……」

「そこでだ、猫目……」

次は、十兵衛が語る番となった。

「あとで、五郎蔵と菜月にも聞かせるが、その前におまえにも話をしておく。二度手間になるが、そんなことは言っておれん。先に猫目の意見も、聞いておきたいと思ってな」

　分かりましたと言って、猫目は居ずまいをただし十兵衛の語りを聞くことになった。

「実は、おれのほうも、仙石紀房が食道楽であることを聞き込んだのだ」

「そうだったのですかい」

「高山藩の殿様と食通であることを張り合ってな、その競い合いがある」

「食通の競い合いですかい？」

「ああ、そうだ。その経緯ってのはだな……」

　十兵衛は、朝方交わした春日八衛門との話を猫目に言って聞かせた。

「それで、その取りまとめを頼まれたのですかい？」

　競い合いの段取りを十兵衛が仕切るという件では、猫目もさすがに驚く顔となった。

「そうだ。これが千載一遇《せんざいいちぐう》の機会といわずしてなんとする。拙者の頭の中は、もうそれでいっぱいだ」

「まったくですねえ。ですが、それでしくじったらもうしばらくは……」

「しくじったらなんて、言葉を出すのではない」

「それは、申しわけありませんでした。一発で仕留めることを考えなくてはならないのに、余計なことを言いました」

「まあよい。いくら絶好の機とはいっても、事はそう簡単ではないからな。ここは、練りに練る必要があるのだ。そこで、みんなの知恵を結集してな、仙石紀房を討ち取ることにする。そしてそのあとは、皆川弾正だ……」

「仙石紀房と、入れ替わるように江戸に来ると言ってましたねえ」

「ああ、大願成就は近いってことだ」

十兵衛が、両の拳《こぶし》を握りしめながら言った。

十兵衛と猫目の話がさらに進む。

「それで、食通の競い合いというのはだな、十ばかりの料理を並べて……」

その食材には、どんなものが使われているのかを、当てるというのが取り決めだと言っていた。

「それでな、ここは五郎蔵の出番だと思った。これで、板前は決まった。だが、料理屋の場所を決めなくては。これは、武蔵野屋の旦那に相談することにする」

「なんだか、とんとん拍子でありますねえ」

「そうだろ。だから、こんな千載一遇の機会はないと言ったのだ」

「そこで、なんとか蝮を使ってもらえないですかね？」

篤姫との約束を果たすと、猫目が希望を言った。

「それは五郎蔵に訊いてみないと分からんな。そんじょそこいらに、蝮なんておらんだろうし」

「蝮なんぞ、あっしが獲ってきまさあ」

篤姫のためと、猫目が袖をまくりながら言った。

「おれも、その蝮の蒲焼きをなんとか紀房討ち取りに利用できんかと、猫目から話を聞いてふと思ったのだ」

「そうですねえ。何か、いい方法が……」

ないかと、猫目は天井を見上げて思案をする。

「まあいい。八月十五日まではまだ間がある。ここは五郎蔵と菜月を交えて、じっくり考えようぞ」

これで、おおよそ猫目には話の内容は伝わった。昼めしにしようかと言ったところで、障子戸が開いた。

話に夢中になっていたおかげで、正午はとうに過ぎている。

「飛び切り塩辛い焼き鮭ご膳をもってきましたよ」

菜月が二人前の塩鮭と、めし茶碗を盆に載せて入ってきた。お櫃《ひつ》は五郎蔵がもって、うしろについている。

塩鮭は、見るも辛そうに白い塩分が噴き出していた。

「きょうは、いつもより客が少ないので、早く切り上げられます。どんな話が聞けるのか、楽しみだよなあ。なあ、菜月……」

「ええ。五郎蔵さんもあたしも、気が急《せ》いてしょうがありません」

どうも仕事が手につかないと、菜月が話を添えた。心なしか、塩鮭が焦げているような気がする。心あらずで焼いたのだろうと十兵衛は思った。

「だったら切りのよいところで、店を閉まってくればいいではないか」

十兵衛も、早く話がしたいと思っている。

「だったら客が切れている今、もう閉めっちゃいましょうかね」

五郎蔵が、前掛けを取りながら言った。

昼は書き入れどきである。この時限に客が一人もいないとは、うまか膳もいよいよだなと、十兵衛は思った。

「そうだな。奉公人の慰安で午後は休むとか書いて、張り出しとけばいいだろ」

ここのところ、陰聞き屋が繁盛している。うまか膳にさほどの上がりがなくてもやって行ける。そんな余裕が、四人の中で生まれていた。

「さいですねえ。そしたら菜月、暖簾《のれん》をしまって上に来るか」

そうしましょうということになって、うまか膳の、この日の午後は休業することになった。

菜月が暖簾を下ろそうと、遣戸を開けたところに二人連れの客とかち合った。

「すみません、もう看板なんです」

看板とは、閉店を意味する。

「ええ、まだ昼だぜ。いってえどうしたってんだい？」

「すみません。お父っつぁんの父親が死にそうで……」

奉公人の慰安よりこちらのほうが断りやすいと、菜月は思いついたままを言った。

「それじゃしょうがねえやな。だけど、お父っつぁんの父親といやあ、菜月ちゃんの祖父《じい》さんだろ？」

菜月は五郎蔵の娘という触れ込みになっている。変な話だと、客はそこをついてきた。

「あたしは、死んだおっ母さんの連れ子でしたから……」

血がつながってないとまでは言わず、菜月は言葉を濁した。

「そうかあ、道理で親父とは面《つら》が似てねえと思ったわけだ。しょうがねえ、余所にいこうじゃねえか」

相棒に声をかけ、二人の客はうまか膳から立ち去っていった。

菜月は急ぎ、草紙紙《そうしがみ》に文字を書き入れる。

「本日のっぴきならぬ用事のため休業します。これで、よし……」

書いたものを黙読し、菜月はそれを遣戸に貼った。そして、戸を閉めるとつっかえ棒をして外からは開かぬようにした。裏の戸口も閂《かんぬき》が閉められ、これで態勢が整った。

そして、二階に四人がそろう。みな、塩鮭ご膳を食しながらの密談となった。

五

飛び切り塩辛い鮭を口に含み、顔を歪めながら十兵衛が話の口火を切った。

少し前に、猫目に向けて話したことを、再び口にする。

「これだったら、一緒に話をすればよかったな」

おおよそ話をし終わり、その二重の手間に十兵衛は愚痴を吐いた。

「なんだか、面白いことになってきましたねえ」

五郎蔵が、腕を組みながら感想を言った。

「たしかに面白いが、これからが大変だ。とくに五郎蔵は、板前としての腕がかかっているからな」

「へえ、やりがいがありますぜ」

袖をめくるも、五郎蔵の頭の中は十の料理で一杯となった。

「そのうち、一つに蝮の蒲焼きを入れておけばいいのですな」

「ああ、そうだ。あれほどの蛇嫌いだ。そんなのを食わせたと知ったら、紀房は卒倒するぞ。そこで、とどめを刺そうってのがおれの肚《はら》だ」

十兵衛は、思いついた手立てを口にする。

「いい考えだと思いますが、なんかちょっと足《た》んねえような気が……」

「足んねえって、どういうことだ？」

せっかく思いついた案を、簡単に否定されたようで十兵衛は面白くない。口を尖らせ、五郎蔵に向いた。

「誰が、蝮の蒲焼きだなんて言うんです？　そんなことを言ったら、十兵衛さんが真っ先に、怪しまれますぜ」

「それもそうですねえ」

猫目が、五郎蔵の意見に同意する。

「猫目まで言いやがら」

十兵衛は、睨む目を猫目に向けた。

「そんな、おっかない顔をしないでくださいな」

猫目が脅えた声で言った。

「でも、五郎蔵さんの言うことには一理あると思います」

「菜月もそう思うのか。だったら考え直すとするか」

菜月までが同調し、ここで十兵衛は自分の案を撤回した。人物の薄い者なら、最後まで我《が》を通すのだろうが、駄目だと思ったらすぐに引くのが十兵衛のよいところだと、三人は思っている。

「まだ、一月《ひとつき》はありますぜ。そのあたりは、ゆっくりと考えましょうぜ。それよりも、高山藩をこちらの土俵に上げるのにはどうしたらいいか、考えるのが先決ではないですかい」

五郎蔵の言うことは、さすが年の功か落ち着いていると、十兵衛は思った。

それについては、十兵衛にも腹案はあった。先の件で、高山藩には相当な恩義を売っている。とくに、中居たち三人を味方につければ、話に乗ってくるのは容易《たやす》いと思っていた。

一度は、鰑でもって両家を仲たがいさせて、そのどさくさを突こうかと考えていたが、今度の一件を春日からもち出され、十兵衛の考えは変わった。

五郎蔵と菜月、そして猫目に向けてこの日会った春日八衛門とのやり取りをすべて語り、ここに四人の決意が固まった。

そして、今から一月後の、八月十五日を決行の日と絞って動き出す。


この日の密談は、およそ一刻半をもってして終わった。

五郎蔵と菜月は十の料理の献立を考え、猫目は蝮の蒲焼きを、いかにして仙石紀房討ち取りの手立てに活用できるかを考え、当面それぞれの役割分担とした。

夕七ツを報せる鐘の音が聞こえてくる。

この日うまか膳は夜も休みとして、五郎蔵と菜月と猫目の三人は、久しぶりの休日を味わおうと芝増上寺門前の繁華街である七軒町《しちけんちょう》へ、旨いものでも食おうと繰り出していた。

そのとき十兵衛は独り残り、二階で寝そべりながら考えていた。

まずは、高山藩をなんとかしなければならない。十兵衛が仲立ちの行司役になることを、説得せねばならないのだ。大願を果たすには、すべてはそこがはじまりとなる。

「さて、さっそく高山藩に仕掛けを打つのだが、いかにしたらよいものか……?」

暑い季節だというのに鞣革の羽織を脱ごうとしない十兵衛は、額に汗を滲ませながら独りごちる。

「……やはり、中居さんたちを頼るのが手っ取り早いか」

江戸勤番の中居たちは、上屋敷を囲む長屋塀の中に居を取っていると聞いた。

「これから行って、会ってくるとするか」

思うが早く、十兵衛は立ち上がると腰に大刀を差した。そして、裏の戸口から出ると、溜池近くにある高山藩の上屋敷を目指した。

十兵衛は門前に立つと、顔見知りの門番に声をかけた。

「おお、そちら様は……」

五日ほど前に、千両の手形を届けに来た十兵衛の顔である。門番にもそのことは伝わっているのであろう。初めて来たときとは、雲泥《うんでい》の差の応対であった。

「中居様はおられますかな?」

「仲人の仲に、井戸の井の仲井ですかな……?」

またはじまった。こんな悠長な相対をしている暇はないのだ。

「中居正之進《まさのしん》様のほうです」

このやり取りが面倒と、十兵衛は先だって名のほうを聞いている。

「ならば、中心の中に……」

「はい、その中居様です」

「今いますかなあ。もう、勤務は終わっているはずなので……」

ちょっと待たれよと言って、門番は脇門から屋敷内へと入っていった。すると、さして間を開けず門番は戻ってきた。

「今、御長屋に行ってみたのですが、どうやら木村様と稲垣様の三人して出かけられてるようでして……」

「どちらに行かれたか分かりますか？」

「そんなの、身共に分かるわけがないじゃないですか。あの人たちの親ではないんですから」

屁理屈の多い門番だと思いながらも、訊いた自分もいけないと十兵衛は反省する。

「それでは、菅生十兵衛が来たと申し伝えてくださいな」

「用向きはなんと……？」

「中居様に目通りがしたく、明日の朝にでも来ると伝えてくだされ」

かしこまったと言う門番の声を背中で聞いて、十兵衛は高山藩の門前をあとにするのであった。

「さてと、これからどこに行こうか。そうだ、七軒町に行ってみんなして呑むか、と言いたいところだが……」

十兵衛は、外では五郎蔵たち三人とは合流できない。外では、まったくの赤の他人という触れ込みにしておかなければならないのだ。どこに、大諸藩と飯森藩の家中の者たちがいるか知れない。四人が仲間であることを悟られては、いけないのだ。

十兵衛は独りで呑もうと、同じ七軒町でも朧月南風とのかかわりで顔馴染みとなった『おもろ茶屋』に足を向けることにした。

「……南風先生は、きょうは来ているかな」

つい先日、金杉橋近くの酒問屋『松竹屋』の、四十五歳になる娘お春《はる》と戯作者朧月南風との見合いが整ったばかりである。南風と知り合ってからおよそ一月《ひとつき》の間、たびたび会っては、十兵衛は上方弁を身につけていたのである。それと、おもろ茶屋の主は上方の出身で、客も上方の人間が多い。そんな中で話を聞いているから十兵衛の上方弁は、あちこちの地方の言葉が入り混じってしまうのだろう。

おもろ茶屋と書かれた赤提灯《ちょうちん》を目にして、十兵衛はそっと遣戸を開けた。

「いらっしゃいましー」

店の女給であるお玉《たま》は、近所の娘で江戸の生まれである。

「あら、十兵衛さんいらっしゃい」

十兵衛を迎える言葉からして、すでに馴染みであった。

お玉の声を聞きながら、十兵衛は店の中を見回した。まだ、七ツ半あたりで外は明るい。客の入りはまばらである。

「お玉ちゃん、南風先生は来ていないよな」

「ええ、来るとしたら日が暮れてからでないと……」

「そうかい。それじゃ、一杯呑ませてもらおうか」

などと言って、十兵衛が空いている樽椅子に坐ろうとしたとき、奥まった入れ込み座敷のほうから声が聞こえてきた。衝立《さえぎ》が遮り、顔は判別できないものの、聞き覚えのある声であった。その話の中に、十兵衛という名が聞こえてきた。

「……ん？」

十兵衛は、眉間に皺を一本寄せて体を声のするほうに向けた。

「十兵衛殿がいなければ……」

はっきりとした言葉が、十兵衛の耳に入りその先を黙って聞いた。

「今ごろ木村は、草葉の陰で冷たくなっていただろうよ」

少し、だみ声のかかったところに、中居の言葉と十兵衛は知れる。

「頭と胴体、別々にしてな」

少し、甲高い声は稲垣であろうか。

「ああ、あのときは肝《きも》を冷やした」

ぼそぼそと、低い声で言うのは木村であろう。三人の言葉を聞いてから、十兵衛は衝立の陰から身を晒すことにした。

「先だってはどうも……」

いきなり声をかけられ、三人の驚く顔が十兵衛に向いた。

「十兵衛殿……」

「こちらにいらしたのですか。こいつは奇遇だ」

十兵衛が、にこやかな顔をして誰ともなく、三人に話しかけた。すでに会話を耳にしている十兵衛にとっては、ありがたい評判であった。

「今しがた、藩邸のほうに中居さんを訪ねて行ったのですが、留守と聞きまして……」

「左様でしたか。それは、申しわけなかった。それで、どうして身共たちがここにいると……？」

知ったのかと、中居が訊く。

「いや、この店には拙者はちょくちょく来ますもので、まったくの偶然かと。門番の方には、明日の朝うかがうと伝えてきましたが、どうやらその必要はなくなったようで……」

とにかく話をさせてくれと、十兵衛は四人掛けの席の片端に座った。

改めてひと通りの酒と肴の注文をお玉に出し、十兵衛は話の筋へと入った。

「このような話が、もち上がっているのを知ってますか？」

十兵衛の、話の切り出しであった。

「いや、知らんな」

三人が、首を捻《ひね》って互いを見やる。知らぬのが当たり前であろう。十兵衛はまだ何も話していない。

「実はですな……」

まず十兵衛は、高山藩と大諸藩の藩主同士で、食通の競い合いの経緯を語った。

「いかがですか、この話。ご存じでしたか？」

ここまで言えば、話として分かる。だが、三人の内でうなずいたのは誰もいない。みな、首を横に振るだけであった。

「やはり、ご存じなかったですか」

藩の中でも、上層部の者たちしか知らない話であろう。勘定方に属する下級武士が知らないのは道理である。

「いったい、どういうことで？」

中居が、三人を代表して訊いた。

十兵衛は、正直に余すところなく三人に話を聞かせた。互いの藩で息のかかった者は、仲立ちができない諭旨も語りの中に入れた。

「それで、拙者がその仲立ち役を買って出たのですわ」

「ですが、それでは十兵衛殿が大諸藩の息がかかった者となるのでは？」

中居の問いは的を射ている。ここが、十兵衛の頭の痛かったところである。

「そこなんですよ。ですから、中居さん……いや、みなさんにご相談をしようかと思った次第で」

中居たちを、どうやって動かそうかが十兵衛の課題である。

「ですが、十兵衛さん……」

「はい、稲垣さん」

挙手をして意見を言おうとする稲垣に、十兵衛は箸の先を向けた。

「そんな面倒くさそうな話を、なぜにやろうと思ったのですか？」

「いいご質問で。拙者が陰聞き屋を商《あきな》うのはご存じですよな？」

「ええ。他人の悩みを聞いて……われらも、お頼みしましたから知っておりますよ」

稲垣がうなずきながら言う。

「ですから、これはれっきとした『陰聞き屋』としての仕事なのです。誰に頼んだらよいのか分からないと、お相手の人は悩んでいたそうですから。それを、松の代金で引き受けたのです。ですから、それに高山藩も乗っていただかないと……」

十兵衛は、途中で言葉を止めて三人の様子を探った。むろんここでは、十兵衛たちのやろうとしていることは、おくびにも出せない。そこを悟られたかなとの思いから、それぞれの顔をのぞき込む。

十兵衛が案ずるも、三人の表情にはそんな気配はまったくない。それよりも、腕を組んで考えているのは十兵衛のためか。

「なるほど。陰聞き屋の商いとしてでしたら、仕事として取りたいのはやまやまでしょうな。この不景気な折、なんであれ働きがあるのが一番だ。それでは、上司の仲井様に言ってなんとか話を結びつけさせましょう」

中居が口にし、どうやら趣旨のほうは得心されたようだ。

「そうしていただけますか、ありがたい。これで、いい商いになります」

鳥の巣か、煙突掃除の刷毛《はけ》を髣髴《ほうふつ》とさせる髷《まげ》を天井に向けて、十兵衛は深く頭を下げた。

六

十兵衛を食通競い合いの仲立ち役として、高山藩も乗ってくれればもう案ずるところはない。

――あとは、いかにして仙石紀房を討ち取るかだ。

ふとそんな思いがよぎって、十兵衛は頭を振った。

――いかん。他人の前では、絶対に考えてはいけないことだ。

どこで、不意にもその考えが口に出るか分からない。くわばらくわばらと、十兵衛は気持ちを引き締め、顔が高山藩の三人に向いた。

「ところで、高山藩の松平清久公はどんなものをお好みなんでございましょう？」

殿様の好物を訊かれ、三人の首が傾いだ。

「さあ……」

「われわれは、殿の顔すら拝見したことがないので、食の好みを訊かれましても……」

「分かりませんなあ」

木村、中居、稲垣の順に答える。

「それにしても、殿のやることは分かりません。そんなつまらぬことを競うぐらいなら、もっと他にやることがたくさんあるのでは？　国元では、領民が困っているというのに」

稲垣の、憂いを含んだ口調であった。

「まったくだ。しかも、そんな競い合いに負けると悔しいのか、うちの殿は途端に機嫌が悪くなるようだ。以前にも、何かの勝負で負けて……」

「それは、馬の競走でありましたでしょう」

中居が同意し、木村が添える。

「そうそう、その馬の競走。あれは、武州槻山《つきやま》藩の殿様との勝負だった。鼻の差で負けて、大変悔しい思いをしたそうだ。その腹癒《はらい》せが、領民にもおよんだのだから、これはもうお遊びではなくなる」

「それは、どういうことで？」

松平清久の負けず嫌いを中居の口から聞いた十兵衛は、もっと詳しく話を知りたくなった。

「普段は温厚であると聞いているが、そのときは激情して発令をした」

「年貢《ねんぐ》を一割引き上げろってな」

「一割増の賦課は、農民や漁民にとってはもはや死活の問題だ。家老たちがお諫《いさ》めしたようだが、殿は聞き入れなかったと」

中居、木村、稲垣の順で話すのを、十兵衛は黙って聞いている。

「おかげで、藩の財政は幾分楽になるが、領民の暮らしは立ち行かなくなり、そのうちに餓死者も出る始末だった」

語りは中居に戻り、木村がそのあとをつづける。

「これではいかんと、ご家老が言上《ごんじょう》してようやく殿は気づいたようだ」

「一年後に、元の賦課へと戻った」

木村から稲垣が引き継ぎ、松平清久の人となりを十兵衛は知る思いとなった。

「そこでだ十兵衛殿……」

いきなり中居が十兵衛に振る。

「なんでございましょう？」

「十兵衛どのに、逆に頼みがある」

真剣な眼差しの中居に、十兵衛は困惑する思いとなった。おおよその願いが察知できたからだ。

「頼みとは……？」

それでも、とりあえず話だけは聞くことにした。

「どうか、その食通の競い合いで、殿を勝たせてはくれないだろうか」

やはり、中居の嘆願は十兵衛の想像していたとおりであった。

「拙者に、示し合わせのなれあいをやれとおっしゃるので？」

「まあ、端的に言えばそのとおり。どうか、引き受けていただけぬか？」

「引き受けていただけぬかと、申されましてもねえ……」

十兵衛は、考える素振りをして答を伸ばした。どっちが勝とうが負けようが、十兵衛たちにはかかわりがない。目的は違うところにあるのだ。だが、このとき十兵衛はふとあることに気づいた。

『――お殿様が、勝てばよろしいのですな？』

先だって、大諸藩重鎮の春日八衛門に言った言葉である。ここで、中居の願いを聞き入れると、両方を勝たせてやらねばならない。

しかし、松平清久の負けず嫌いも気にかかる。また激情して領民を苦しめるのではないかと。しかし、仙石紀房を勝たせて気をよくし、油断したところをブスリとやる。そんな機会も見逃せないと、十兵衛はそれを手立てのうちの一つとして考えていた。しかししかしが、十兵衛の気持ちを惑わす。

「いかがなされた？」

じっと考える十兵衛に、訝しそうな中居の声がかかった。されば、なんらかの答を出さねばならない。

「そういった、いかさま紛《まが》いなことは、拙者は好かんのですが……」

と、十兵衛が言って、一拍間を置いたところであった。

土間のほうで酒を呑んでいた客たちの声が、十兵衛の耳へと入った。

「博奕《ばくち》ってのはな、勝っても地獄、負けても地獄ってぐれえだからな、とんとんで終わるのが一番ってえことよ」

「勝って地獄ってのは、どういうことでい？　誰だって、勝とうと思って博奕を打《ぶ》つんじゃねえのか」

「勝ちゃあ、またやりたくなるだろ。負けたら元を取り返そうとさらにのめり込む。いずれしたって、地獄行きよ。それでもやりたけりゃ……」

十兵衛が、客の話を聞いたのはここまでであった。

「そういうことか！」

よい考えが浮かんだか、十兵衛は思わず頓狂《とんきよう》な声を発した。

「何か、ありましたか？」

十兵衛の声に、稲垣が甲高い声で訊く。

「いや、ご無礼……」

このとき十兵衛に思い浮かんだことがあったが、それをこの場で言うことはできない。腹案というものは、信じ合える仲間以外にやたらと他人に話すことではない。十兵衛はつねづねそう思っている。

「けっして、松平様の機嫌を損ねるようなことはしませんから、お任せください」

今、十兵衛が言えるのはこれぐらいなことである。

藩主の機嫌が悪くならなければそれでよしと、高山藩の三人の思いは共通であった。

「そうしていただければ、十兵衛殿を……いや、競い合いの仲立ちはぜひ十兵衛殿にやっていただきたい。なあ、木村に稲垣」

中居が同意を求めると、木村と稲垣の大きくうなずく姿があった。

それから、二日後——。

夕刻七ツ半どきに、場所は同じ七軒町のおもろ茶屋で、中居と落ち合うことにしていた。

十兵衛は、奥の座敷に席を取り、中居の到着を待っていた。

二合の徳利を一本空けたところで、中居のだみ声が聞こえてきた。

「十兵衛さんは、来てるかい?」

「はい、先日と同じ奥の座敷にいます」

お玉の声が聞こえ、そしてすぐに中居が顔を見せた。

「お待たせしましたな」

「いや、今しがた拙者も来たところで……」

卓の上に載る、小鉢と徳利の空きを見れば、十兵衛の気の遣いようが分かる。

「いや、遅くなってすみませんでした」

中居が、深く頭を下げて言った。

「いや、気になさらず。それよりも、藩邸での首尾はいかがでしたかな？」

「あれから、上司の仲井様を通して江戸留守居役様に話をしたところ、ぜひにも十兵衛殿に仲立ちを願いたいとのことでした。場所も料理の献立もすべて、お任せしますとも。ただし、くれぐれも殿の機嫌を損わぬようにと、釘を刺されましたがな」

「それは、かしこまってござる」

「それでだ、十兵衛殿。身共が、当藩と十兵衛殿の渡し役として任命された。よろしく頼みますぞ」

中居が十兵衛との取りもちとなれば、好都合である。仕事もしやすくなったと、十兵衛は心の内でにやける思いとなった。

これで、完全に大諸藩と高山藩の、藩主たちの食通競い合いは十兵衛の手に委ねられることとなった。

「それで、殿の好物というのを聞いてきましたぞ」

「ほう、左様ですか」

「まあ、食道楽でありまするから、なんでも好んで食べるのには違いないのですが、その中で食材として好むものは……」

とまで言って、にわかに中居の口は止まった。どうも、その先が言いづらいようである。

「いかがなされたかな？」

十兵衛が、訝しげに訊く。

「いや、すまぬ。それで、わが殿がとくに好むものは、下手物《げてもの》……」

「はて、今なんと……？」

最後の言葉が聞き取りづらく、十兵衛は問い返す。

「十兵衛殿は、下手物って存じておるかな？」

「下手物ってのは、例えば蛇とか蛙《かえる》とかいもりなどという……？」

「ええ、そうなんです。あまり他人が食べないものが大の好みのようでして、まこと変わった殿でありまする」

蛇やいもりと聞いて、十兵衛は含むところがあった。ニコリとしたかったが、顔には出さずむしろしかめっ面にして応じた。

「まともな板前で、そういったものを料理する者が、はたしておりますかどうか？」

十兵衛は、五郎蔵の顔を思い浮かべながら、口では逆のことを言った。

「いいえ、それは考える必要はございません。まともな食材で競い合わせてくださいな」

「あい分かりました」

と、十兵衛は答えたものの、このとき頭の中ではすでに紀房討ち取りの図が描かれていた。むろん、そんな表情はおくびにも出さずにいる。

中居との話は、暮六ツを少し過ぎたところで終わった。高山藩邸の門限が、六ツ半と決まっているからだ。それを過ぎると藩士は言い訳書を取られることになると言って、中居が先に腰を上げた。

「毎度おおきに……」

おもろ茶屋の主の、本場の上方弁に送られ外に出ると、すでに夜の帳《とばり》は下りていた。

七

中居と別れた十兵衛は、急ぎ足となってうまか膳に向けて引き返す。

六ツ半までには戻るからと、三人には言ってある。中居との話をもってして、この夜、話し合うことになっていた。

七軒町から芝の表通りに出て、浜松町から北に向かう。このあたりの通り沿いには、旅籠や飲食物を扱う店が建ち並ぶ。東海道を下った旅人が、品川宿を過ぎて江戸に入り、一休みするにはちょうどよい場所である。増上寺の門前町と相まって浅草、下谷、両国の広小路に次ぐ賑わいを見せていた。

暮六ツから半刻が経っただけでは、まだどこの居酒屋も明かりを灯して、宵《よい》っ張《ぱ》りの客をあてにしている。

十兵衛が、宇田川町《うだがわちょう》に差しかかったところであった。

縄暖簾を下ろした居酒屋の遣戸《やりど》が開いて、中から二人連れの侍が顔を出した。その目の前を、十兵衛が歩いてふと目がかち合った。

十兵衛にしては、会いたくない相手であった。

「そこを行くのは、十兵衛殿ではないか?」

しかし、相手も十兵衛を知っており、赤い顔をした侍の一人から声がかかった。二人の顔を見ると、両方とも大諸藩の家臣であった。

十兵衛に声をかけたのは、三波春吉《みなみはるきち》という男である。こちらのほうはよく喋り、もう一人は村田英之助という、どちらかといえば無口な男であった。十兵衛は、この村田のほうに幾分の警戒心をもっていた。中居たち三人と、鰯三枚で相手にしていたとき、野次馬に交じってその様子を見ていた。そのことが、十兵衛の心に小さな棘《とげ》となって刺さっていた。

「これは、三波はんに村田はん……」

にわかに十兵衛の言葉は上方弁になる。面倒とは思うものの、大諸藩士と相対するときは仕方がないのだ。

「十兵衛殿は鯣三枚で、侍を討ち果たしたと、この村田から訊きおよびましたが、まことでありまするか？」

藩主の警護を司《つかさど》る十兵衛である。三波の問いは、相手を崇《あが》める口調であった。

「討ち果たしとは言ってないぞ、三波……」

無口な村田が、三波の大仰《おおぎょう》なもの言いを咎めた。

「そうであったか。だが、痛めつけたとあっては、討ち取ったも同然、たいした腕前でござりまするな」

歯の浮いた世辞を、これでもかと三波は口にする。

「さほどではござりません」

と、十兵衛も謙遜で応ずる。

「ところで、十兵衛殿……」

珍しく村田のほうから、十兵衛に話しがかかった。

「なんでございます、村田様？」

「十兵衛殿は、本当に上方の出かな？」

とうとう村田が、痛いところを突いてきた。

「なんで、そんなことを訊きますねん？」

ここは絶対に露見してはならないところである。十兵衛は、渾身《こんしん》込めて白《しら》を切る。

「身共の先祖も、上方の出でな。爺様の代まで、上方弁の名残があった。それと比べると、どうもおかしい」

無口と思っていたものが、多弁だ。口数が、三波とは反対になった。

普段とは異なった態度に出る輩《やから》は、気をつけておかねばならぬと、十兵衛は村田の言葉に警戒をした。

「おかしいとは、どんなところなのだ、村田？」

訊いたのは、三波であった。興が湧くか、身を乗り出して村田の話を聞いていた。

「上方弁も、地方によっていろいろ言葉の調子が変わってな、それが十兵衛殿の言葉は、ごちゃ混ぜになってるのだ。京言葉もあれば、河内《かわち》弁もあり、摂津《せっつ》もあれば、丹《たん》波《ば》や堺《さかい》のものもあるってことだ」

「そやさかいってのは、堺の言葉か？」

「いや、それは違うと思うが。それはともかくとして……」

「なるほど、それはおかしいであるな」

三波が、村田の言うことを得心し、十兵衛に疑問の目を向けた。

「上方弁だけでは、ありませぬぞ。旧松島藩士の残党討伐だって怪しいものだ」

「怪しいとは……？」

十兵衛への疑念がますます湧いてきているようだ。

「たしかに、十兵衛殿に退治を頼んだ残党十人は、すでにいなくなっております。だが、討ち取ったのをわが藩の者は誰かたしかめましたかな？　誰も見てはおらんでしょう」

「そう言われれば、そうだな」

村田の話に、三波が大きくうなずく。

「それと、先だっての佐原藩からの帰りの殿への襲撃だ。あれも……」

「十兵衛殿の差し金と言いたいのか？」

「いや、そこまでは言わぬが、それもありうるということだ。いったい十兵衛殿、おぬしは何者なのだ？」

十兵衛を、窮地に貶《おとし》める村田の尋問である。すでに帳の下りた、街道端での立ち話であった。

「あっ、もしやおまえは……？」

にわかに村田の、十兵衛に対する呼び方が変わる。

「もしやとはなんのことだ、村田？」

「この十兵衛なる男、もしや……」

「元松島藩士とでも言うのか？」

「いや、それはなんとも言えぬが、たしかめる価値はありそうだ。明日にでも、春日様に言って調べをはじめようではないか。そうか、だったら先日お会いしたとき、話をしておくのだった」

後悔の念が、村田の口から漏れる。

村田の話を、十兵衛は表情を変えずに聞いている。ただ一つだけ、顔に変化があるとすれば、うっすらと額に汗が浮かんでいることだ。

今宵は月の半《なか》ば、満月に近い月が地上を照らしている。その月明かりに十兵衛の、額に滲む汗が光って見えた。

どう反論をしようかと、十兵衛はそのとき考えていた。だが、ただ言葉だけを並べて言っても相手は引かぬであろう。

「いかがした？　あまりにも図星で、口が利けぬと申すのだな」

村田が、畳み掛けるように言う。その四角い顔の顎《あご》が、得意気につき出ている。

「それにしても、ようしゃべりますなあ、村田様は」

ここは居直るほかはないと、十兵衛はしらばくれることにした。それで話が分からなければと、十兵衛は心の中で刀の柄を握った。初めて刀の物打ちで人を斬ることを覚悟したのである。

「それが、どないしたでおますねん？　先祖の代から上方に長う住《なご》んでりゃ、言葉やかていろんなところの……」

十兵衛が反論をしようとしたところであった。

「十兵衛殿……」

と、背中に声がかかり、十兵衛の口が止まった。振り向くと、中居の顔がそこにある。中居は、三波と村田に向けて小さく会釈をしてから、顔を十兵衛に向けた。

「よかった、ここにおられて。もう一つ、話の中で重要なことを忘れてました。ちょっとよろしいですか？」

中居が、十兵衛と大諸藩士たちの間に立ち入ってきた。

「十兵衛殿に、念を押しておくのを忘れてました」

三波と村田には、かまわずに中居は小声となって十兵衛に耳打ちをする。

「鰑を十兵衛殿がもってたことが、わが殿に知れましたら大変なことになりますので、くれぐれも当藩の中では話題にしないでいただきたい」

十兵衛には、中居が言っている意味が充分に伝わる。大諸藩との確執が生じるのを、中居は懸念していたのであった。

「もちろんですとも。分かっておりますがな」

十兵衛は、大きくうなずきを中居に返した。大諸藩家臣の手前、上方弁も織り交ぜる。

三波の怒る顔が、中居に向いている。

「他人が大事な話をしているところに、無礼であろう。話が途切れるではないか」

中居の行動を咎めたのは、三波であった。その三波の袖を村田が引く。

「いかがした、村田?」

村田は中居の顔を知っている。むろん、高山藩の家臣であることも。だが、中居は村田のことを知らない。

「どうも、お話し中失礼をいたしました。ちょっと急いでいたものでして……」

中居は十兵衛に告げると、三波と村田に大きく頭を下げて去っていった。

村田の耳に、中居が言ったことが聞こえている。三波の袖を引いたのは、村田もその意味が分かったからだ。

「あのお方はですな……」

十兵衛が、中居の身分を打ち明ける。

「村田様も、ご存じでしょう。今しがた中居様が言いましたのは、大諸藩が困らぬようとの配慮ですな。何せ、欲しいというから譲ったものが、他人の手に渡ったと知ったら、そりゃ誰だって気を悪くするでしょうに。ええ、拙者は何も言いまへん、言いまへん」

ここぞとばかり、片方の手をふりふり、十兵衛は村田に恩を売った。

これには村田も、十兵衛を味方にせねばならぬと大変なことになると、悟ったようだ。

「分かった十兵衛殿。今後は、おぬしのことを詮索するのはよそう」

村田が、前言をすべて撤回すると言ってきた。

「大諸藩と高山藩の、殿様同士の食通の競い合いで、仲立ちを拙者が両藩から任されましたさかい、そのことをよう忘れんとおくれやっしゃ」

「かしこまってござる。今までの数々の失言、お詫びいたしまする」

村田に倣い、三波も十兵衛に向けて大きく頭を下げた。

鯣三枚がこの窮地を救ったと、その平べったい姿に、十兵衛は感謝せずにはいられぬ思いとなった。

ほっと安堵しながら、十兵衛はうまか膳への帰路についた。

村田と三波を相手にしたおかげで、六ツ半はとうに過ぎている。

二階に上がると、三人はすでに酒を交わしながら待っていた。夜の密談は、酒を呑みながらするってのが通常となっている。

「遅かったですね」

十兵衛が部屋に入るなり、言った。

「おや。お顔の色が優れませんようで、何かございましたでしょうか？」

重ねて、菜月が問う。

「帰る途中での大諸藩士と出くわして、素姓がばれそうになった」

十兵衛の切り出しであった。

「なんだと！」

「なんですって！」

「なんですと！」

五郎蔵と菜月、そして猫目がそろって驚きの声を発した。

「ばれそうになったと言ったのだ。だから、露見はしなかったということで、とりあえず安心をしろ」

十兵衛は、三人の気持ちを落ち着かせた。そして、経緯を詳しく語る。

「危ないところでしたねえ。鰯、様様ですわ」

菜月が、ほっとした思いを口にする。

「まったくだなあ、菜月。だが、これからも安心はならんぞ。いつ、どこでどんな目が周りにあるか分からんからな、警戒するに越したことはない」

十兵衛が言うも、説き伏せに迫力がない。一番目をつけられているのは、十兵衛自身であるからだ。

それを、三人は口に出さずとも思っている。

――変な上方弁なんか、使うからよ。

が、菜月の思うところ。

――その昔の、剣豪じみた着こなしがどうも。

が、五郎蔵の思うところ。

――相手の、懐深くに入りすぎかも。

が、猫目の思うところであった。

しかし、そこまでしないと本懐は成し遂げられない。

一蓮托生――

同時に、ここは何も言わずに十兵衛のあとに従う気持ちも描いていた。

そして話は、両藩殿様の食通の競い合いに入る。

「中居さんが言うにはだな、藩主の松平清久様は、なんと下手物好きだそうだ」

高山藩の中居から聞きおよんできたことを、十兵衛は三人に語った。

「蛇も食っちゃうんでしょうか？」

忍びといえど、やはりそこは女である。菜月は露骨に嫌そうな顔をして言った。

「ああ、なんでも食うそうだ。蛙や蜥蜴《とかげ》やいもりなんかは……」

「もう、いいです。そこまでにしておいてくださいな」

聞く耳に耐えないと、菜月は耳を塞いだ。そんなことに頓着なく、十兵衛の話はつづく。

「そこでだ、拙者によい考えが浮かんだ。その前に、この勝負は引き分けで終わらすことにする。ここは、両藩のことを思い相子《あいこ》にするのが一番だろう」

藩主の勝ち負けが影響し、領民までを巻き込むことを十兵衛は説いた。

「それは、よいお考えで……」

　今しがたまで耳を塞いでいた菜月が、十兵衛に同意する。

「勝負などどうでもいい。要は、大諸藩主仙石紀房の討ち取りにある。そこで、拙者が考えたことは……」

　五郎蔵、菜月、そして猫目に向けて十兵衛の考えた策が語られる。

　その前に、語りに勢いをつけようと、十兵衛は湯呑になみなみと注がれた酒を一気に呷《あお》った。「ういっ」と一つ噯気《あいき》を吐いて、十兵衛の考えた手立てが語られる。

第四章　これでも喰らえ

一

宵五ツを報せる鐘が、夜のしじまを伝わって聞こえてくる。

大江戸八百八町は寝静まるころだ。それでも、うまか膳の二階にいる四人の目は爛々と輝いていた。

ほかには誰の耳も目もないけれど、四人の頭はくっつくほどに近づいている。

「拙者が考えたのはだな、ここはやはり蝮《まむし》を使う」

蝮と聞いて、菜月が体を引いた。それではいけないと、すぐに戻す。それを待って、十兵衛は語りをつづける。

「以前に、たしか五郎蔵が言ったよな。『――誰が、蝮の蒲焼きだなんて言うんです？　そんなことを言ったら、十兵衛さんが真っ先に、怪しまれますぜ』とかなんとか……」

「ええ、先だってそんなことを言いましたが……」

「だったらそれを、松平清久公に言わせるのよ。お答としてな」

「なるほど」

合点が言ったか、五郎蔵はポンと一つ音を立てて掌を叩いた。

「そのお答を聞いた紀房はどうなる？　おそらく逆上するか、卒倒するか、いずれにせよどうにかなってしまうであろう。そこをつけ狙うのよ」

「なんとなく、うまく行くような気がしますね」

蝮のことは忘れ、菜月も大きくうなずく素振りを見せた。

「そこにつけ込む策が大事ですね」

猫目も、話に乗ってきた。

あとは、磐石な策を立て実行に移す。その手立てへと、四人の話は移っていく。

「これはまだ、一案に過ぎぬが……」

十兵衛は、自分が描いた目論見《もくろみ》の図を、口で説きはじめた。

「その前に、食通の競い合いで使われる料亭は、武蔵野屋の主どのに相談をかけようと思っている。あのお方ならば、いいところを知っているだろう」

「殿様が行くに相応《ふさわ》しい、かなり高級な料亭を知ってるでしょうからな。それはよいお考えで」

五郎蔵が賛同し、相槌を打った。

「その料亭の板場を、五郎蔵が貸してもらえるかがちょっと、気にかかるがな……」

「手前が修業した料亭『豊川《とよかわ》』なら、なんとかなるかも。そちらで、よろしければ」

うまか膳を出す前に、五郎蔵は堀衛門の紹介で豊川にて修業をしていたことがあった。一般の人たちからしては、高級な料亭である。そこを使ったらどうかと、五郎蔵は提案をする。

「なるほど、そこがいいだろう」

料亭豊川の返事も聞かず、十兵衛は場所を決めつけた。

「下手物料理は、あらかじめここで仕込んでおけばよろしいでしょう」

五郎蔵も口が乗り、話はとんとん拍子に進む。

「旬を先取りの食材で五品、変り種食材で五品を作りやしょう」

「全部下手物を使わなくてもよいが。ただし一品だけは入れておく、仙石紀房はそれを知らんで食うのよ」

「さて、この食材はなんでしょうね？　と問いますのね」

「まったくそのとおりだ、菜月。そうだ、その問いの役目は菜月にしてもらおう。芸者の姿をしてな」

「芸者って……あの、舞いを踊ったり三味線を弾いたりする……？」

「ああ、そうだ。目一杯、殿様たちに愛想を振り撒いてもらいたい。ここは『変わり身の術』でいくことにする」

「えぇー、なんでそんなことをするんですかぁ？　あたし、変わり身の術って、あまり得意じゃないんですよねぇ」

菜月の、不満そうな声が飛んだ。踊りもできなきゃ、三味線も弾けない。ましてや、殿様相手に色気を振り撒くなどとてもできやしないと、菜月は頭《かぶり》を激しく振って訴えた。

「それもみな、紀房を油断させるためだ。殿様の前に出て、場をまとめるのは菜月しかおるまい。拙者や五郎蔵がお座敷にいて酌《しゃく》をしたって、殿様たちはちっとも面白くなかろうよ。ここは、くノ一である菜月しかおらんだろ。だが、踊りや三味線はできなくてもかまわんから、安心をしろ」

「お酌もするんですかあー」

それでも、気は進まぬようだ。

「何を言ってる。この世の中に、酌をしない芸者がどこにいるってのだ。そんなのは、油揚げを作らぬ豆腐屋みたいなものだぞ。紀房討ち取りに、菜月の大事な役目なのだ」

そこまで言われては、菜月も従わざるをえない。

「分かりました。やると決まれば、とことん色香を発揮しようではありませんか」

一度決めたら、まっしぐらに進むのが忍びの掟《おきて》である。ためらいは命取りになるので、菜月は芸者の役目を、袖をめくって引き受けた。

「そこでだ、最後に蝮の蒲焼きを出す。それを殿様たちが食す。菜月が『さて、なんでしょうか？』と問う。なんだろうかと、殿様たちは考えるだろうな。だが、松平清久公が先に答える。『これは、蝮の蒲焼き』だと。蝮と聞いて、紀房はどうなる？なあ、猫目……」

十兵衛の頭の中では、企ての図が最初から最後まで描かれているようだ。

「あんなに蛇嫌いですから、口から泡を吹いて卒倒するでしょうな」

いきなり問いを振られるも、猫目が落ち着いた声で答える。

「拙者は立会人だから、お座敷にいる。そこで、紀房の元に駆けつけるのよ。『殿様、いかがなされた？』などと言ってな。部屋にはほかに、それぞれの家臣たち二人ずつ、つき人がいる。大諸藩の家臣たちが驚いて騒ぎ出すのを、菜月と猫目が止めるのだ」

「あっしは、なんの役目でそこにいるのです？」

猫目の役は、まだ考えていない。植木屋の職人みたいなのが、その場にいるのも変だと、十兵衛も答に困った。

「そうだなあ……」

「だったら、十兵衛さん……」

考える十兵衛に、答を授けようと五郎蔵が身を乗り出した。

「猫目も変わり身の術で、幇間《ほうかん》にでもなってもらえば……」

「なんですかい、そのほうかんってのは？」

猫目は幇間なる言葉を知らない。

「いわゆる、太鼓持《たいこも》ちってやつだ」

「たいこもちって……？」

太鼓持ちすら知らない。だんだんと、猫目の顔に、不安の色があらわになってくる。

「そうだなあ、男芸者ってところか。それなら、お座敷にいてもなんらおかしくはない。むしろ、いないのが変だ」

料亭に修業に行っていたおかげで、五郎蔵もそのへんのことには詳しい。

「男芸者って……？」

「何も知らんのだな、猫目は。だったら、この一月《ひとつき》みっちり修業をしろ。堀衛門殿に頼んでおくから」

猫目の問いに答えたのは、十兵衛であった。

「ちょっと待ってくださいよ、お二人とも。あっしは大諸藩には面《めん》が割れてるんですぜ。青大将の駆除で、屋敷内をうろうろしてましたから……」

「それなら、心配無用だ」

五郎蔵が、自信ありげに猫目の口を閉ざす。

「心配するなって……」

それには、猫目の訝《いぶか》しそうな顔が向く。

「幇間てのはだな、そのままの顔で座敷には出ない。みな、白塗りの化粧を施《ほどこ》し、ほっぺたを赤くする。眉毛《まゆげ》は剃って書けばいいし、誰も猫目だなんて気づきはせんさ。おそらく、おれたち三人だって……」

「気づきはせんということだ、猫目」

五郎蔵のあとを、十兵衛が引き取る。そして、つづけて言う。

「ここ一番で、大諸藩のつき人たちを宥《なだ》める、大事な役目なのだ。猫目が家臣をおとなしくさせている間に、拙者が……」

「紀房の、心の臓を目がけてプスリと針を刺すのですな？」

途中で言葉が止まった十兵衛に、五郎蔵が代わりとなって言った。

「そうだ。介抱をするように見せかけてな。先だっては、酔って三寸下を刺してしまった。あのときは、ただ仙石紀房を痛がらせただけで終わったからな、今度は絶対に不覚は取らん」

やはり、殺傷の痕跡を消すには同じ手口しかないと、十兵衛は鋭利な針を得物《えもの》として選ぶ。

「ここで、もう一人誰か役目を担《にな》ってくれる者が欲しいな。誰か、いないかな？」

「役目ってのは、どんな？」

「医者だよ、医者。紀房の死に際《ぎわ》を看取る医者だ。その口から『心の臓の発作ですな』とでも言ってくれたら、これはもう万全だ」

「なるほど、医者ですかい。だったら、おれが……」

「五郎蔵は、料理を作るのに大変だろう」

「いや、そのころにはあらかた作り終わってますから、暇なものと……」

「だが、どうしても医者には見えんぞ」

「見てくれで、他人を判断してはいけませんぞ。世の中には、赤ひげをぼうぼうとはやした医者もいると聞きますからな。それに、おれは面が割れてませんし」

「よし、それは五郎蔵に任すとするか。これで、決まったな」

一月《ひとつき》の間に、医者の所作はすべて会得すると五郎蔵は言う。

三人が『変わり身の術』を駆使して立ち向かう。満足感が溢れる、十兵衛のもの言いであった。

「ですが、ちょっと待ってくださいよ」

異議があるのか、五郎蔵から待ったがかかった。

「まだ何かあるのか、五郎蔵？」

「なんで蝮を食わせたと、大諸藩から抗議があるのでは？」

「あたしも、そう思うわ」

ここは誰でも懸念するところだ。五郎蔵の問いには菜月もうなずく。

「そんなのは、どうってことないさ。ちょっと考えれば、頑是《がんぜ》ない子どもにだって分かることだ」

十兵衛は、さも簡単なことだと解決策を口にする。

「高山藩の松平清久公が『これは、蝮の蒲焼きだ』と自信をもって答えると、紀房は卒倒するだろ。拙者が、心の臓に針を刺している間に菜月が答えるのだ。『ぶーっ、それは違います』ってな。『答は鱓《うつぼ》の蒲焼きでした』とでもすればいい。高山藩主の答を真《ま》に受けて、卒倒するほうが悪いのだってことで乗り切ることにする」

「なるほど、そいつは頭がいい」

「さすが、お頭《かしら》……」

「菜月、その言葉は絶対に口にするな」

「申しわけございません」

菜月が、十兵衛に向けて深く頭を下げた。それと同時に、芸者になる不安が胸を突く。

「はぁー」

と、深いため息が菜月の口から漏れた。

「はぁー」

それに釣られたか、猫目もため息を漏らす。それは、太鼓持ちなるものへの不安からであった。

おおよその策は練れた。

あとは、まっしぐらに行動を起こすのみである。

五郎蔵は、料理の献立と医者の所作。菜月は芸者に成りきるための修業。そして猫目は太鼓持ちと、変わり身の術で役割の分担は決まった。

十兵衛は、両家の仲立ちと段取りを担うため、翌日から奮闘をせねばならない。

それから夜半まで、細かい手立ての策を話し合ってその夜の密談はお開きとなった。

二

一夜が明け、陽が高くなったところで十兵衛は動き出した。

銀座町にある両替商武蔵野屋を訪れるためである。主堀衛門に会って、事の次第を打ち明け、うしろ盾になってもらうのだ。いろいろな、願いごとがある。すべてを聞き入れてもらえるかどうかが、十兵衛には不安であった。その中には、図々しい頼みごともあるからだ。だが、無理を言っても聞き入れてもらわねばならない。

そんなことを考えながら、残暑にもめげず十兵衛は黒ずくめの恰好で、東海道にも通じる目抜き通りを、北に取った。

やがて銀座町まで来ると、十兵衛は両替商を示す分銅形をした看板の前に立った。

いつもここまで来て、店から入っていいのか裏に回ったらいいのか、十兵衛は迷う。そんなためらいをしているところに、日除け暖簾《のれん》の陰から紺色の前掛けをした小僧が出てきた。

「あっ、十兵衛さん……」

それは、顔見知りの箕吉であった。いつも、都合のいいところで出てくる小僧である。

「どうしたのです、そんなところにつっ立って？　旦那様なら今、いますよ。ですが、半刻もすると出かけます。神田まで、手前もお供しなくてはならない。暑いってのに、いやだなあ」

「暑いからいやだなあって、若い者がそんなことを言うのではない。堀衛門殿なぞ、あの老体で……」

箕吉の愚痴を耳にし、十兵衛がたしなめた。言葉を途中で止めたのは、すいませんと箕吉が謝ったからだ。

「……ならば、どうしようか？」

十兵衛が、呟きながら考える。

「どうしようかって、何をです？」

十兵衛の呟きを耳にし、箕吉が問うた。

「きょうの話は長くなりそうで、とても半刻では足りない。事は急ぐし、どうしようかと考えてたところだ」

「左様でしたか。ならば、旦那様に直《じか》にうかがったらいかがですか？　とりあえず、会うだけ会って……」

さあどうぞと、箕吉は店のほうから十兵衛を中へと入れた。

出かけるに、まだ半刻間があると、堀衛門は自分の部屋で茶を啜っている。

「旦那様、十兵衛様が……」

開く障子戸の陰から、箕吉が声を投げた。

「十兵衛さんが来たのか。だったら、さっさとお通ししなさい」

「はい、もう手前のうしろにおります」

「なんだ。それだったら堅苦しい挨拶は抜きに、遠慮せずにいつものとおり、ずかずかと入ってくればよろしいのに」

堀衛門の言葉を聞いて、十兵衛は部屋の中へと一歩足を踏み入れ、膝を落とした。

「なんですか、そんなところに座って。もう少し、中に入られたらどうです。いつもの十兵衛さんとは違いますな」

たくさんの頼みごとを、これからせねばならない。そのことが、十兵衛の気持ちを遠慮させる。

「今、箕吉から聞きおよんだが、半刻後に出かけるようで……」

「ええ、野暮用で神田まで行く用事があるのですが、これも齢《とし》のせいか、この暑い中どうも億劫《おっくう》ですな」

小僧が愚痴を言うほどである。年寄りには堪《こた》える残暑であった。

「出かけるまで、十兵衛さんの話を聞きましょうか」

「ちょっと長い話になりそうなので、半刻ではどうかと。話が半端で終わるのもどうしたものかと思い、そんなことでためらってたのだ」

武士と町人の違いがあると、堀衛門は十兵衛の言葉を剣豪らしいものに改めさせていた。

「そうでしたか。でも、せっかくいらしたのだ。触《さわ》りだけでも聞かせていただけませんか。かなり大事な話と見受けられますのでな」

堀衛門の、十兵衛に対するもの腰は柔らかい。浪人とはいえ武士と町人の身分の差をわきまえているのと、元松島藩水谷家への恩義の表れでもあった。堀衛門が、十兵衛たちのうしろ盾になるのも、そんなかかわりがあったからだ。

「とりあえず、要旨を聞いてそのあとのことは考えましょう」

話の骨子だけなら、半刻もあれば語ることができる。それだけでも、堀衛門の耳に入れておいたほうがよいと、十兵衛も判断をした。

「ならば……」

十兵衛と堀衛門が向かい合って正座をする。その間、畳半畳三尺の間を取った。

「話が漏れてはまずいので……」

十兵衛が幾分前かがみとなった。箕吉が、廊下に座って堀衛門の、次の指示を待っている。

「箕吉、廊下の端に立って、ここには誰も近づけないよう見張ってなさい」

堀衛門の、命令が箕吉に向いた。

「はい、かしこまりました」

箕吉も心得ている。大事な用事を仰せつかったとばかり、握り拳を板の間について返事をする。

「これで、だいじょうぶです。さて、さほどときもないので、さっそくお話をうかがいましょうか」

「仙石紀房討ち取りの策を練り上げてきた」

十兵衛の、いきなりの切り出しであった。

「ほう、先だってしくじったばかりなのに、もう次の手立てが思いつきましたか。それはまた、早いものですな」

「またまた、千載一遇の機会が訪れてな……それを細かく話すと、とても半刻では……」

「あれから幾らか経ってますので、四半刻ばかりしかありませんぞ」

堀衛門から急かされ、十兵衛はどこから語ろうかと迷った。

「その、千載一遇の機会とは？」

こういう場合は、逆の順序から語るのがよいだろうと堀衛門が助言を入れた。

「今からちょうど一月《ひとつき》後に……」

藩主同士の食通競い合いがあると、まずは触りを説く。

「そのときをもって、紀房を討ち取る手はずに……」

「なるほど。だが、その段取りを聞くには、もうときがないですな。いかがしようか……」

と、堀衛門が思案したところで、箕吉の声が耳に入った。

「旦那様……」

「どうした、箕吉？　この部屋に近づいては駄目だと、言っておいたではないか」

「今しがた、水穂屋《みずほや》さんのお使いの方が見えまして、この日の会合は日延べしてもらいたいとのことです。日にちは追って知らせますと伝言を託されました」

「そうか、きょうは取り止めとな。分かった、箕吉は元の位置に戻って見張っていなさい」

　箕吉のもたらした伝言を、十兵衛は心が躍るように聞いていた。すべての段取りの風が、自分たちのほうに向かって吹いているような心持ちとなった。

「これで、ゆっくりと話ができますな。さて、どこまで……そうか、どんな経緯になったのか、最初から聞いてみましょうかな」

　ゆっくりと腰を据えて話ができると、堀衛門は座りを直して聞き入る体勢を取った。

「それでは……」

　十兵衛はおもむろに語りはじめた。大諸藩の春日八衛門とのやり取りからはじまり、高山藩士中居たちとの出会いまでを語る。

「あの振出し手形の一件でしたな」

　堀衛門が知り得ていることは、高山藩の手形の一件だけであった。高山藩の手形が、武蔵野屋の堀衛門の手元にあることを知った十兵衛は、それを受け取ると高山藩邸へと急いだ。木村が腹を召す既《すんで》で間に合った件《くだり》である。

「あの高山藩と、大諸藩がかかわりがあったのですか。初めて知った」

「あのときは、ばたばたしておって、主《あるじ》どのに経過を話すことができなかった……」

「いや、それはよいです。話ってのは、小出しで聞いてもどうにもなりませんからな。それより、この日のようにすべてをまとめてから聞かないと意味がありません。それで、二藩のかかわりは分かりました。鯣《するめ》が取りもった縁といえますな。それでは話を先に……」

ここまで語るのに、十兵衛は四半刻ほどを要している。そして、語りはつづきへと入る。それからさらに四半刻ほどをかけて、細かく経緯を語った。

「なるほど、おおよそのことは分かりましたぞ。十兵衛さんが食通競い合いの仲立ちをする件には、よくやったと感心する思いでした。それは、千載一遇の機会を得ましたなあ」

堀衛門が得心する面持ちで言った。そして、話は昨夜の密談へと入って、手立ての図式を説いた。それに、さらに四半刻ほどをかけた。

「なるほど、それはよくぞ考えつきましたな。蝮を食させて、卒倒したところを討ち取るなんて、誰も考えつきませんぞ、そんなこと」

それまで腕を組み、目を瞑《つむ》ってじっと十兵衛の話を聞いていた堀衛門が、目を見開いて言った。

「そこで、主どのに相談があるのだが……」

ここに来て、十兵衛は堀衛門に数々の相談ごとをもちかけることになる。

「十兵衛さんの相談ごとというのは、おおよそ分かりましたぞ。一つには、お大名が競い合いをするのに相応しい、格式のある料亭を紹介しろというのですな？」

さすがに話が早いと、十兵衛は堀衛門を頼もしく思う。

「……ならば、あそこがいいかな」

堀衛門の呟きが、十兵衛の耳に入る。

「五郎蔵が、修業をした料亭豊川というので？」

そこでないと、立てていた段取りが狂う。

「いや、豊川では大名を受け入れるには、とても荷が重いでしょう。もっと本陣のような格式が欲しいですからな」

五郎蔵が修業をした豊川も立派な料亭である。ただ、十兵衛たちが見た立派さと、大名が見た立派さとでは見る目に雲泥の違いがある。

そんな格式のある料亭では、五郎蔵が入る余地はまったくなかろう。早くも壁にぶち当たる思いの十兵衛であった。

　五郎蔵の手によって調理されたものを出して、初めて手立ての遂行がなされる図式であった。それが、根底から覆《くつがえ》されようとしている。そんなことに頓着なく、堀衛門は口にする。

「いかがですかな、その料亭を探すのは手前に任せていただけますかな？」

　十兵衛の心根を知ってか知らずか、堀衛門は身を乗り出してきた。少しでも役に立とうとの申し出であったが、十兵衛には心の重いものとなった。

「はぁー」

　五郎蔵が食通競い合いの料理を作ることは、話の中に触れていることだ。だが、堀衛門はそのことを忘れているように思える。そんな心根が、十兵衛の返事となって出た。

「いかがなされました？　気のない返事でありますな」

「五郎蔵が、料理を作ることになっておって……」

「ああ、そうでしたな。そうかあ、となると……困ったな」

「困ったなと言うと……？」

　眉間に一本縦皺を浮かべて考える堀衛門の顔を、十兵衛は不安な表情でもってのぞき込む。

「それほど格式のある料亭の板場に、五郎蔵さんは入れませんからな。かといって、格を落とすとなると、大名のほうが嫌がる。ここは、もう少し考えんといかんですな」

五郎蔵が調理して、初めて成し得る企てである。十兵衛の気持ちは、幾分か萎《しぼ》んだ。

「それとですな、菜月ちゃんの件ですが……」

堀衛門の話は、菜月のほうへと向いた。

「芸者に身形《みなり》を変えて、座敷に出ると聞きました、それはどうかと……」

菜月が芸者になることは、どうやら、堀衛門は反対の意見らしい。

「どうかと言うと?」

十兵衛の問いに、堀衛門の額には数本の横皺が増えた。

三

しばらくあらぬほうを向き、堀衛門は考えていた。そして、ようやく気持ちを戻すと、顔を十兵衛に向けた。

「そういった格式のある料亭では、一見《いちげん》の芸者を受け入れませんのでな。みな選りすぐって、芸者置屋の中でも飛び切りの上玉《じょうだま》しかお座敷に上がれません。それが、格というものなのですな」

ただ綺麗だとか、かわいいだけでは駄目ということである。

「太鼓持ちとなったら、これはなおさらですな。幇間というのは、難しいものだ。二十年かかってようやく一芸に達すると言われているぐらいですからな。ですから、幇間には年寄りが多い。たった一月《ひとつき》では、太鼓持ちらしくにもなりはしませんよ」

堀衛門から、ことごとく反対に遭い、十兵衛たちの目論見《もくろみ》は根底から覆される。また案の練り直しをせねばならなくなった。

「蝮を食わせて、卒倒しそうになったところを針で一突き。そこは、なんともいえずよき案を考えたと思ったのですがな、みなさんの役割がどうもいま一つ、安易なような気がします」

安易であるというのは、十兵衛も身につまされて感じている。すべてを語る前に、堀衛門が聞き入れてくれるかといった一抹の不安は、現実なものとなった。

「それは、十兵衛さんのたっての願いとあらば、五郎蔵さんと菜月ちゃん、そして猫目さんのために一肌脱ぐのはやぶさかではありません。ですが、そうなると競い合いをする場所が問題となる。さて、どうしたらよいものか……」

言って堀衛門は、腕を組んで思案に耽《ふけ》った。

それほど難しいことなのか。十兵衛の不安は募るばかりである。

いたずらにときだけが過ぎ、昼八ツを報せる鐘の音が聞こえてきた。ここ銀座町で聞こえるのは日本橋石町《こくちょう》の鐘か。

「そうだ、十兵衛さんは昼めしがまだだったですね。話し込んでたおかげで、食事をするのを忘れてましたな」

めしを摂るのも忘れるほど、堀衛門は真剣に向き合ってくれていると取った十兵衛は、心の中では感謝する思いでいっぱいであった。そんな堀衛門の意見である。十兵衛も無下《むげ》にはできない。

「どうも、腹が減っては言い知恵が浮かばん。十兵衛さんは、何が食べたいですかな？」

「なんでも、けっこう」

「おや、けっこうというのは遠慮ですかな？　当方に来て、遠慮は無用でございますぞ。なんなりと、お好きなものを……」

「いや、けっこうと言うのは、いただいてもけっこうのけっこうでして、お断りをするけっこうではない。だから、先に『なんでも……』とつけておいたのだが……」

「左様でしたか。まったくけっこうというのは、まぎわらしい言葉でありますな」

「まことと。先だっても日本橋の呉服屋越三屋《こしみつや》さんのお内儀にも言っておいた。物売りが来ても、けして『うちは、けっこうです』と言って断っては駄目だと」

「ほう、お杵《きね》さんにですか。けっこうというのは、買ってもよいという表現にも取られますからな。いらぬものまで買わされる羽目になる。ここは、みなさんもご注意なされたらよい。断るときは毅然と『いりません』とか『必要ない』との一言ですむのですからな」

誰に対して注意を促しているのか、二人の会話はあらぬほうに向いた。

そして堀衛門は、ずっと廊下の端で見張っている箕吉を呼んで言いつける。

「はい……」

「どうした？　いつもの元気がないな」

「はい、手前も昼めしが食せず……」

このとき堀衛門は、もう一つ失念していた。ずっと廊下の端に、箕吉をいさせたことだ。小僧とはいえ、ほかに仕事はたくさんある。半刻もしたところで、箕吉の任務を解こうと思っていたのを、話にのめり込んでいた。

「そうだ、箕吉。鰻屋《うなぎや》さんにひとっ走りしてきておくれ。尾張《おわり》から来た鰻屋で『織《お》田屋《だや》』と名がついたのが、二町先にあるだろう。そこで名物の『鰻《うな》まぶし』を買ってきなさい」

「はい、それを三人前ですね？」

「三人前って、誰があと一人前を食うのだ？」

「はい、手前が……」

「手前って、箕吉がか？　いや、おまえは勝手にでも行って、およねさんから冷や飯でも食べさせてもらいなさい」

小僧に鰻料理など食させては、ほかの奉公人に示しがつかぬと、堀衛門は心を鬼にして首を振った。

「かしこまりました。すぐに行ってまいります」

しかし、箕吉の声は明るいものとなった。小僧としての、心構えをわきまえているものと、十兵衛は常々感心をしている。

箕吉が部屋から出ていくと、二人は再び渋面《じゅうめん》となった。

十兵衛の頭の中では、どうしても五郎蔵と菜月、そして猫目が絡んだ図式から抜け出せない。だが、そうなると大名家が競い合いをする場所がない。思案はその一点に絞られた。

どうにか、五郎蔵が修業した料亭豊川でできないものか。そこでならば、堀衛門の顔もかなり利くと聞いている。菜月のにわか芸者だって、猫目の無芸太鼓持ちだって受け入れてくれるはずだ。

十兵衛の考えは、その一点だけだ。

「やはり、それほど格式のある料亭でないと駄目であろうか?」

十兵衛が、駄目でもともという思いで問うた。

「手前も、そこのところを考えていたのですが……」

どうも、よい考えが浮かばないと首を捻るばかりであった。やはり、堀衛門もそこのあたりで考えていたのかと、思ったと同時に十兵衛はその先が言えなくなった。

二人が思案に耽り、しばらく部屋は沈黙が支配した。そして、ようやく堀衛門の重い口が開く。

「格式を落とした場所でやった場合、両大名がどう思うかでしょうな。やはり、大名ともなれば……」

と言ったところで、箕吉の声が障子戸の外から聞こえてきた。

「旦那様、行ってまいりました。今、およねさんが膳の仕度をして用意してまいります」

「そうか、ご苦労だったな。箕吉は勝手でもって、ご膳を食べてきなさい」

かしこまりましたと言って箕吉が去るのと入れ替えに、およねという女中が入ってきた。重ねた膳には、それぞれ丸い重箱と茶の注がれた湯呑が載っている。およねは、銘々膳を堀衛門と十兵衛の前に置いた。

「この重箱は、丸いですな」

「普通重箱は四角いものだが、どういうわけだか、織田屋の鰻まぶしのは丸いお重です」

言って蓋《ふた》を開けると、鰻がほぐされ、そぼろとなってごはんの上にまぶされている。

「これが、尾張流の……」

といったところで、堀衛門の口が止まった。

「そうか！」

堀衛門は、鰻まぶしのお重を見ながら大きなうなずきを見せた。

「どうかされたかな？」

「はい、よい手立てを思いつきましたので」

「ほう、よい手立てと……それで、どんなことでござる？」

「これを言えば、両家とも得心をするものと。ただ、それを十兵衛さんが言い含めることができますかな？」

「何を言えばよいのでござるか？　それを聞かぬうちは、なんとも言えんですな」

「左様で、ございましたな。五郎蔵さんが修業をした料亭豊川の先々代は、尾張の隣である三河《みかわ》は豊川の出でしてな、それで『豊川』という屋号をつけましたようで」

そんな能書きはどうでもいいといった顔で、十兵衛は聞いている。それに気づいたか、堀衛門の口調が変わった。

「そこが大事なところでしてな、よく聞いてくださいましよ」

言われて十兵衛は居ずまいを正した。

堀衛門の話がつづく。

「今ここにある織田屋の『鰻まぶし』で思いついたのですが、格式なんてのは言いようでどうにでもなる。そうだ、こうしたらよい。今から十七年前というと、宝永《ほうえい》なん年でしたかな？　たしか、七年でしたか。その料亭豊川に御三家である尾張家四代徳《とく》川吉道《がわよしみち》公が、一泊なされ鰻を召し上がったことがある……」

「それは本当で？」

「ですから、それも方便《ほうべん》でございます。だいたいが、十兵衛さんだって何から何まで、みんな偽りでありましょう」

紀房討ち取るための手段として、すべてを虚言で塗り固めるのだろう。そんなことを、堀衛門は言葉に添えた。

「まあ、それはそうだが……」

「御三家尾張家の藩主が、たった一日でも泊ったことがあることにすれば、これは途《と》轍《てつ》もない箔《はく》がつくというもの。高山藩でも大諸藩でも、これには抗《あらが》えませんぞ。そうだ、豊川は尾張町にあるのも都合がよいですな」

口角《こうかく》泡を飛ばして、堀衛門は十兵衛に吹き込む。

「あとは十兵衛さんが、うまく両家を説得できるかですな」

「それは、命にかけても……」

やり遂げると、十兵衛は大きくうなずいて見せた。

「それができれば、豊川のほうには手前からお三人のことは話しておきましょう。きっといい新橋芸者の置屋を紹介してくれるはずだ。むろん、そこには幇間もおりますからな」

堀衛門が妙案を授けるものの、十兵衛の顔色が冴えない。

「まだ、何か懸念がございますかな？」

「先ほど言っておられた、猫目の太鼓持ちだが、たった一月《ひとつき》ではどうのこうのと……」

「ああ、それでしたか。それは、幇間相手にいつも遊んでいるお大尽を相手にすれば、一目で露見してしまいます。ですが、普段そんなところで遊んだことのないお殿様相手でしたら、恰好さえ整えればどうということもないでしょう。『こんち、こりゃまたけっこうなお召しもので……』なんてことを言って、殿様の着物でも褒めときゃ、充分芸になりますからな」

――これで、なんとかなる。

この日、すべてを堀衛門と話せてよかったと、しみじみ感じる十兵衛であった。

その後、さらに半刻ほど下相談をして、十兵衛は気分の晴れる思いで武蔵野屋をあとにした。

四

そして数日が経ち、十兵衛は約束の十日も経たず、大諸藩は春日八衛門のもとに赴《おもむ》いた。

「おう、意外と早くまいったな」

「はい、うまくいっておりますがな……」

上方弁を忘れずに、春日と相対する。

「高山藩のほうはいかがした？」

「はい、それはもう手前のほうにすべてお任せをすると。ただし、あくまでも公明正大にして中立を守るように、なんてことをおっしゃっておりましたな」

「よし、よくやった。ふふふっ、公明正大とな。そう、勝負とはそういう風に潔白であらんといかんよのう」

『——お殿様が、勝てばよろしいのですな？』

十兵衛の心根は、すでに以前に聞いている。春日の脳裏に、ふとそのことがよぎり、含み笑いとなった。

「それとですな、食通競い合いの場所が決まりまして……」

「ほう。どこで、執り行われる？」

「尾張町にあります、豊川という料亭です」

「豊川という料亭か。聞いたことがないが、それで格式のほうはどうなんだ？　殿たちが満足いくほど、それは高貴でなくてはならんぞ」

「それは、間違いありません。そう思い、格式のある料亭を探してきました。探すのにかなり難儀しましたが……」

料亭を決めるのが、一番つらかったと十兵衛は恩着せがましく言った。

「左様か。それで、どれほどの格式があるのだ？」

しつこくも、さらに春日が問うた。春日としても、やはりそこが気にかかるのであろう。

「はあ、その豊川には十七年ほど前になりますが、御三家は尾張家の……」

堀衛門に吹き込まれたことを、十兵衛は得意気にして話す。ここの件《くだり》は幾たびも繰り返し覚え込んだところだ。おかげで、すらすらと言える。

「左様であったか。尾張徳川家の藩主が逗留したとあっては、これ以上の箔はないであるな。よし、当方はその豊川で得心したぞ」

「おおきに。得心いただいて、ほっといたしました」

十兵衛は、内心でも安堵の息を吐いた。

「それで、当日ですが……」

競い合いの刻は、正午からどうだとの十兵衛の申し出には、春日もうなずく。

「十種の料理を小鉢にして、八寸膳《はっすんぜん》のように少量ずつ出します。八寸膳というのはですな、上方のほうではつけ出しを……」

「そんな、能書きはどうでもよい。それで、その料理の主なる食材を言い当てればよいのだな？」

「左様でございます」

「それで、誰が判定をいたすのだ？」

「はい。それは飛び切りの、今一番江戸で売れっ子である芸者に願おうと思っております。公正を期すためと、それに、お殿様にしても少しは色があったほうが、よろしいでございましょ」

「なるほどの。それで、その芸者の名はなんという？」

調べられてもまずい。

「それは、聞かんことにしておいてくれますか。競い合いの前にどんな口が、その芸者にかかるかもしれないですから。公正を期すためにも、そこは勘弁してくださいまし」

なんでも公正にとすれば、聞き入れてくれる。春日は得心をしたように、大きくうなずいた。

「それと、もう一人。幇間て知っておりますか？　太鼓持ちのことです。この者に、場の取りもちをさせます。普段はおどけてますが、中立の立場でもって立会いをさせるには、こういう者が一番ですから」

春日は、それにも賛同を示す。

「段取りのほうは、あい分かった。ただ一つ、当藩の懸念は毒見であるな」

「はて、毒を含むとまで言われたら、当方は引きましょうか？」

少し、怒気の含んだ言葉で十兵衛は返す。

「いや、そんなつもりでは……」

ここで十兵衛に引かれては、春日としても立場がなくなる。

「超一流の料亭です、誰が料理に毒など盛りますか。それほど疑われはりますなら、どなたかにたらふく食べていただいたらいかがです？　どうせお殿様は少ししか食べません。ぎょうさん作るさかい、あとは家臣の皆様に召し上がっていただこうかと思ってましたのや。ただ、ご家臣が先に食べますと、これは食通の競い合いではなくなりますな」

「分かった分かった。そちたちを信頼しようぞ」

「当たり前で、ございましょう。それで、競い合いの間には、両家とも二人ずつの立会いということでいかがでしょうか？」

ここで春日がうなずけば、すべては成立である。十兵衛は、問いを発して春日の返事を待った。

「あい分かった。そこまで段取りが組み立てられていたら、当方は口を出すことはできぬであろう。いかんせん、公明正大に行かなくてはならんでな。それでは、十兵衛殿、よしなに頼む」

「かしこまりました」

十兵衛は、畳に両手をついて拝すと、立ち上がった。預けてあった大刀を手にして、部屋から出る。

「ほな、さいなら」

春日に別れの挨拶をして、そそくさと大諸藩上屋敷をあとにすると、その足を赤坂溜池のほうに向けた。向かうは、高山藩上屋敷である。中居を通して、重鎮の一人と会うことになっている。

このごろでは高山藩の門番も、十兵衛の顔を見ると笑顔を向けるようになっている。

「中心の中に、居据わるの居……」

十兵衛の顔を見れば、用向きも知れているようだ。

「中居正之進殿でござる。なん度言えば分かるのだろうな」

この忙しいときに門番を相手にしている暇はないと、十兵衛は言葉を遮《さえぎ》り、中居への取り次ぎを頼んだ。

やがて中居本人が出てきて、十兵衛を屋敷の中へと導き入れる。

「今しがた、大諸藩へ行きまして段取りを語ってきました」

中門から裏玄関へと回る庭を歩きながらの、会話であった。

「左様ですか。当藩御用人様も、それを知りたくて待っております。さあ、急ぎましょうぞ」

話はあとで聞くと、中居が十兵衛を急《せ》かす。

いつもの御客間に案内されて、十兵衛は一人下座に座った。中居は御用人を呼びに行っている。

やがて、廊下に二人の足音が聞こえてきて止まると、襖の向こうから声がかかった。

襖が開くと、四十歳ほどの実直そうな武士が中居の先に入ってきた。

御用人と言われた男と中居が、十兵衛に対面して座る。

「御用人様、こちらが先だって話をしました……。そして、十兵衛殿。こちらが高山藩江戸詰御用人の北島三太夫《きたじまさんだゆう》様でござる」

中居が二人の紹介をする。

「菅生十兵衛と申すのは、そのほうであったか」

「拙者が、菅生十兵衛でござりまする。お見知りおきを」

「いつぞやは、当藩のために尽力してくれたと聞く。礼を言うぞ」

「どういたしまして」

「さて、それでこのたびも厄介なことを引き受けてくれて、申しわけない」

「いえ、厄介などと。これも仕事でござりまするから……」

ひと通りの挨拶が済んで、話は本題へと入る。

「大諸藩のほうは、おおむね了解を得てまいりました。あとは、こちら様がよろしければ段取りを進めさせていただきたいと存じまする」

相手によって、いろいろな言葉を使い分けなければならないと、神経を使う十兵衛であった。

そして十兵衛は、大諸藩の春日と先刻話したことと同じ内容で、語った。

公明正大にして潔白に食通競い合いを執り行うの件では、やはり高山藩からの念押しがあった。

「そこは中居から『——この勝負は引き分けで終わらすことにする』と聞きおよんでいるが……」

「ですから、そこはお任せくだされ。公明正大とは表向きのこと。端《はな》からそんなことを大きな声で言えますかいな」

ここで、春日と相対していたときの癖が出る。

「おや、言葉つきが変わったであるな」

「十兵衛殿は、上方の生まれでございますから……」

この場は中居が納まりをつけてくれた。

「左様か。まあ、そのことだけを心得ていただければ、あとは十兵衛殿にすべてをお任せをする」

ときも場所も、菜月の芸者も猫目の幇間も、競い合いの方法も、毒見にしても、立会い人にしても、すべて反論することなく応じてくれた。これも、中居や木村や稲垣の推挙のおかげだろうと、感謝する思いとなった。

「ところで、十兵衛殿……」

肚の内で、中居に礼を言ったところで、北島から声がかかった。ところで——と来ると、穏やかな話でなさそうだ。難問が飛び出すのかと、十兵衛は心の内で身構えた。北島の、話の次第によっては感謝は早まったかと、十兵衛は思う。

「なんでございましょう。ご意見があれば、なんなりと……」

訝げな顔をして、裏腹な言葉が口をつく。

「殿はなにが好きだというのは聞いておろう？」

「はぁー」

下手物とは口に出して言わぬが、十兵衛には分かっている。

「そこで、一つ頼みがある。そのほうの料理人は、なにでもって調理ができると聞いておるが、それを食させるのは相手にまこと無礼でござる。それで、九種はまともな料理を作っていただきたい」

「何かと思いましたら、そんなことで。端《はな》から、そのつもりでおりました」

と言いつつも、十兵衛はここで首を捻った。たしか、九種と言っていた。

——あとの一種に何かあるのか？

十兵衛は、北島から出るその一種がなんであるかが気になった。

「その一種に、殿が大好物のなにを入れていただきたい」

「それで、そのなにと申しますのは？」

北島も言いづらいのであろう。なにという言葉で意味を誤魔化す。

「御用人様がなにと申しますのは、蝮《まむし》の蒲焼きであります」

中居が北島の代わりとなって、はっきりと口にした。

「それでしたならば……」

十兵衛にとっては、もとよりそのつもりである。料理の中に、蝮が一つ入れば、何も異存はない。十兵衛の心配は、無用となった。だが、そのあとの北島の言葉が十兵衛を困惑させる。

「だが、お相手になにと言ったら卒倒されるであろう。仙石の殿様はなにが大嫌いと聞いておるからの。ならば、わが殿には『鱓《うつぼ》の蒲焼き』とでも答えていただく。見た目が似ておるだろうからな。それで、正解としていただきたい」

これが、北島の要望であった。十兵衛にとって、一番大事なところである。ここでそれを受けたら、すべてが水泡に帰す。

逆に松平清久の口からは『まむし』と答えさせなければならないのだ。紀房を、卒倒させなくてはならないのだ。『鱓の蒲焼き』とは、菜月の口から言わせなくてはならないのだ。

とても、北島の要望は聞き入れられない。

十兵衛は、ここではたと考えるに至った。

「いかがした。何を考えておる？」

北島の突っ込みが入り、十兵衛は答に窮した。困り顔をそのまま北島に向ける。

「困りましたなあ……」

「何が困ったか？　そのくらいのことで……」

「そのくらいのことでとおっしゃいますが、ここは公明正大を謳《うた》っております。答に偽りがあってはなりません。間違えた答を正解とは、当方としては言いかねます」

「ずいぶんと、固いご仁だな。のう、中居……」

「それが、十兵衛殿の信用のおけるところでして」

中居が十兵衛を立てる。

「ならば鱓の蒲焼きで、なにだと思っていただくことにする」

「分かりました」

とだけ、十兵衛は答えた。頭の中では、すでに十兵衛は考えていたことがあった。

十兵衛にとっては、殿様の勝ち負けはかかわりない。公明正大と大義名分には掲げるが、そんなものはどうだってよい。十兵衛は、相子《あいこ》にもっていくための手立てをそっと中居だけに告げて、高山藩の上屋敷を辞すことにした。

五

いよいよ、食通競い合いはあと五日に迫ってきた。

仙石紀房討ち取りのために、着々と準備が整う。

菜月は、黒衣装の新橋芸者に成りすます修練に余念がない。歌舞音曲の会得には、間がないので、お座敷での芸者の所作と、お相手への応対を学んでいる。それとはほかに、重要なのは食通競い合いの進行役である。その式次第を、頭の中に叩き込まなくてはならない。

五郎蔵は魚料理に使う素材を探すため、毎日日本橋の魚河岸へと通っていた。

そのための仕込みで、うまか膳はしばらくの休業に入っている。

食通競い合いの五日前になって、五郎蔵から献立が上がってきた。うまか膳の板場で、その書き付けを前にして、菜月は頭を捻っている。

「なんだか、難しい字ばっかり」

一番目には『鱧金山味噌和え霜造り』とある。

「これ、なんて書いてあるのです？」

五郎蔵から書付けを受け取ると、開くなりさっそく訊いた。

「はもきんざんみそあえしもづくりと読むんだ。菜月は、鱧《はも》とだけ覚えておけばいい。料理の主たる素材を当てるのだからな。殿様が、鱧と言ったら『大当りー』と叫べばいいんじゃねえか」

「料理名は、覚えなくていいのね？」

「覚えろといったって、覚えられねえだろう」

「だったら、できそう。それで、二番目は……うわっ、これも大変」

二番目には『蓮芋微塵切り酒盗餡掛け胡麻添え』と書かれている。

「なんですか、これ？」

「これは、れんいもみじんぎりしゅとうあんかけごまぞえってんだ。蓮芋《はすいも》か蓮根《れんこん》って答えたら……」

「大当たりーって叫べばいいんですね」

「そうだな」

「それにしても、おいしそうな名のお料理ですね。よだれが出そう」

「このぐらいのものを出さないと、食通とはいえんだろ。ましてや、相手はお殿様だぜ」

三番目は『鱸蕎麦汁蒸し甘露煮』とある。

「もう、一文字目から読めない」

「すずきそばじるむしかんろにと読むんだ。鱸《すずき》という魚をそば汁で蒸して甘辛煮にするって料理だ」

「五郎蔵さんは、いつこんな料理を覚えたのです？」

「いろいろな素材を組み合わせれば、なんでもできるのだ。だから、工夫ってのが大事なんだな。そこが、単なる創作料理とは違うところだ」

五郎蔵の薀蓄《うんちく》に、菜月は分かったのか分からない表情で、首を傾げる。

「鱸を蕎麦汁で蒸すなんてのは、なかなか気づかないだろ。そうすることにより、旨みが増してとろりとした食感になるのだ。よく、舌の上でとろけるなんて言うだろ」

「まあ、おいしそう」

「あした試しで作るから、食ってみるがいいさ」

「ほんとー？　うれしい！」

感激こもる菜月の声であった。

翌日に、食通競い合いの予行演習をすることになっている。十兵衛と堀衛門が殿様の役になって、五郎蔵の料理を言い当てる。その進行役を菜月が芸者の恰好をして執り行う。猫目は幇間となって、菜月を補佐する。それを、実際の料理を作ってやろうというのだ。

菜月が四番目を読もうとする。だが、ここでも首を傾げる。

「まつ……まつ……」

四番目にはこう書かれてあった。

『松茸幽林寺味噌和え大和芋挟み焼』とある。

「松だけは読めるようだな。これはな、松茸《まったけ》をみじん切りにして幽林寺《ゆうりんじ》という寺で造られた味噌で和える。それを大和芋《やまといも》で挟んで焼く。芋の食感と、幽林寺味噌の辛味、そして松茸の香りが合わさるってものだ。これの答は松茸でいい。これも当てるのは難しいぞ」

こうして五番目から九番目までを、五郎蔵から説いてもらう。

菜月はそこまで説明されて、ふと思った。

——十兵衛さんは、この勝負を引き分けにもっていくと言っていた。

「……なんとなく、それが分かるようだわ」

小さくうなずきながら、菜月は呟く。

「何が分かるのだ？」

菜月の呟きを聞いて、五郎蔵が問うた。

「おそらくこれらって、主たる素材が言われなくては分からないようにしてある？」

「どうして菜月は、そう思う？」

「見た目で分かっては駄目ですものね。そこで、ここまで手が込めば、なんの素材だか誰も分からなくなるのでは。幾ら食通のお殿様でも、ここまでのものは食べたことがないでしょうから。だから、みんな『外れー』と、あたしに言わせたいのでしょ？みんな外れにさせれば、これもお相子ですからね」

みんな外れさせても、相子は相子だ。

「大当たりー」

とは、五郎蔵の叫びであった。

「まあ、そんなところだ。だが、この料理が分かってこそ、本物の食道楽って言えるぜ。何が食通競い合いだ、笑わせるな。おれはその上をいって、ざまあみやがれって言ってやるんだ」

五郎蔵の意気込みであった。

菜月が、書付けの一番下を見て、怪訝そうな顔をしている。

「あのう、十とだけしてあって、何も書かれてないんですけど……」

十番目の料理名が書かれていない。そこを菜月は問うた。

「ああ、そこか。それは蝮の蒲焼きだ」

「やっぱり、食べさせるのですか？」

「ああ、そうだ。十兵衛さんの言うことには、高山藩からは下手物は出さないで、鱓《うつぼ》の蒲焼きにしてくれと頼まれたが、やはりそうもいかんということになった。相当な蝮好きらしいのでな……」

「まあ、変なお方」

菜月が、しかめっ面をして五郎蔵の言葉を遮る。

「鱓の蒲焼きなんか出したところで、蝮とは答えないだろう。それでは、これまでの苦労はまったくの意味をなさんからな。蝮をまむしと当てさせてこそ、本懐が遂げられるのだ。仙石紀房の、卒倒する面《つら》が早く見たいよな」

十兵衛の話で、菜月は得心をする。すべては、企てどおりに事は運んでいると、大きくうなずきを見せた。

「そして、紀房が心の臓の発作で死んだあと、あたしが『鱓の蒲焼きでした』って、言えばいいのですね」

「ああ。そうすればなんの疑いももたれず、紀房を討ち取ることができるって寸法だ。十兵衛さんも、すごいことを考えるよな」

五郎蔵が言ったところで、遣戸が開き猫目が入ってきた。

「こんち、お日柄もよく……」

芸者の置屋で、本物の太鼓持ちのもとに通い猫八は形だけでも伝授されている。この日は、そこからの帰りであった。

「菜月姐《ねえ》さん、はてどちらにおられるんですかいな」

恰好は普段のものであるものの、言葉だけは幇間になっている。

「猫目かい、ここにいるよ」

菜月が、板場から声をなげた。

「おや、お二人おそろいで、こんなところではてはまた何を……」

流し目の、疑いの眼で五郎蔵と菜月を見やる。

「おい、猫目。ここで、そんな言葉は使わなくたっていいぞ」

気味悪いのか、五郎蔵が猫目をたしなめた。

「どうも、すいません。それにしても、太鼓持ちってのはけっこう難しいもんですね」

「そりゃそうだろうな。言葉だけでも、大変そうだ」

「ところで、何をしてるんです？」

普段の言葉となって、猫目が改めて訊く。

「五郎蔵さんから、料理の献立が上がってきたの」

菜月が、猫目に書付けを開いて見せた。

「うえっ、大した料理の名ばかりですね」

「ああ、おれと殿様との勝負だ。絶対に、当てさせねえ」

「全部外れさせて、相子にするんですね。なるほど……」

猫目も、五郎蔵の魂胆が分かるようだ。

「それで、蝮は調達できそうか？」

猫目には、太鼓持ちのほかもう一つ任務があった。それは、蝮を捕まえてくること
である。それは、篤姫との約束でもあった。

「もうそろそろ、あん畜生も子を産むために活発になりますからね。一番危ねえときになりまさ」

だが、交した約束とはいえ、命も心配である。

蝮は毒をもっている。咬まれたら命すら危うくなる。そこが青大将と違うところだ。

できればやりたくない仕事だと、猫目は幾分尻込みをしている。

「そんな能書きはいいから、とっ捕まえてこれるのか？」

「ええ、多分……」

蝮の調達が、一番厄介なところである。

「多分てな。そいつがいねえと、仙石……」

「紀房をやっつけられないって言いてえんでしょ。そんなこと、あっしにだって分かってますよ。ですが、そんじょそこらに這いつくばっているわけじゃねえし、呼んだって出てくるもんじゃありませんよ」

「屁《へ》理屈はいいから、なんとかならねえかい」

猫目の気持ちも分かると、五郎蔵はそれ以上言葉を強くはできない。

「そうだ……」

そこに菜月が口を挟んだ。

「前にどこかで聞いたことがあるね。猫目は浅草って行ったことがあるかい？」

「浅草……聞いたことがあるけど、まだ行ったことがねえ」

江戸に来てまださほど経っていない。浅草がどこにあるかさえ、知らぬ三人であった。

「その浅草から大川を渡り、しばらく行ったところに蛇山って名のつくところがあるんだって」

「なんだか、いやな名だな」

「そこに行くと、蝮がうようよいるらしいよ。猫目、そこに行ってらっしゃいな」

「うようよいるって……やだよ、そんなところに行くのは」

「なんだい、だらしないねえ。それでも、男かい？」

「いや、あっしは今は男芸者でありんす……」

幇間言葉で、猫目は誤魔化す。

「おっ、三人そろってるな」

そこに、十兵衛が戻ってきて板場に顔を見せた。堀衛門と会ったあとの帰りであった。

「十兵衛さん、できましたぜ」

五郎蔵が、十兵衛に献立を見せた。

「ずいぶんと、難しそうな料理だな。あした、それを食わせてくれるのだったな」

「それで、一つだけ……」

蝮の調達のことで、猫目と揉めていたことを五郎蔵は言った。

「いまさら、何を言ってんだ。それは、蛇が大好きな猫目の仕事ではないか」

「別に好きじゃありませんよ、あんなもの。それに、あん畜生には毒が……」

「猫目は浅草って知ってるか？」

「今しがた、菜月ねえさんから同じことを訊かれました。大川の橋向こうに蛇山ってところが……」

「そんなところに、行くことはないさ。浅草ってところに行けば、蝮を漢方薬にして売ってるところがあるらしい。そこから一、二匹分けてもらえばいい。実は、今しがた人伝《ひとづて》に聞いてきたのだ。浅草に、そんな店があるってことをな」

これで、蝮も調達できそうである。それさえ手に入れば、準備は万端《ばんたん》であった。

六

そして翌日、五郎蔵が料理を拵《こしら》え、十兵衛と堀衛門が殿様となって予行演習がうまか膳の座敷でもって執り行われた。

菜月も芸者の形で、本番さながらの進行役を務める。

猫目は猫助という幇間名となって、菜月を補佐する。水玉模様の小袖に浅黄《あさぎ》色の羽織を被せ、髷の刷毛先を二つに割っている。顔は白色の化粧を施し、素顔を隠している。

「それにしても、五郎蔵さんの料理はたいしたものだ。どうしてこんな短期の間に、腕を上げたのだね？」

九種の料理を食し終わり、満足げの面差しで堀衛門が訊いた。

「ええ。人ってのは、絶対にこれを成し遂げなければならないと思えば、おのずとそんな力が湧いてくるもんだと、今になってあたしも知ったところでさあ」

もとより、包丁捌《さば》きは得意である。そこに、豊川の板前からの伝授もあった。五郎蔵は、そのあたりも言葉を添える。

「なるほどなあ。そうだ、手前も食うものには目はないが、これまで一つも料理の素材が当てられなかったな。菜月姐さんから、みんな『外れー』と言われてしまったよ」

苦笑いして、堀衛門が言った。

「ええ、そのための料理ですから。そしてこれが最後の、十種目の料理です」

小ぶりの器に蓋がついている。それを十兵衛と堀衛門の前に差し出した。

「どうぞ、蓋をお取りください」

菜月の台詞《せりふ》である。

言われたとおり、十兵衛と堀衛門は蓋を取ると、鰻の蒲焼きをほぐしたようなそぼろが、ごはんの上にかかっている。琥珀《こはく》色のたれがそぼろを包み、その香りが食欲をそそる。

その蒲焼きが何かを、十兵衛は知っている。しかし、堀衛門はなんだか知らずにいる。十兵衛が我慢して、顔をしかめながら食すのを、堀衛門が気づくわけがない。

「これは、美味《びみ》だ」

椀が小ぶりなので、すぐに一膳をたいらげる。

「さて、今のお料理は何か……？　さあ、お答えください。松平のお殿様から、どうぞ」

松平の殿様の役は、十兵衛がやっている。

「これは、わが大好物のまむしでござる。それも、赤まむしであるな」

十兵衛の答を聞いて、堀衛門の顔色がにわかに変わった。

「まっ、まむしってあの蛇のか……うーっ」

堀衛門も蛇は苦手なようである。げえげえと口から吐き出すものの、胃の腑に収まったものは容易には出てこない。

「なぜに、こんなものを……」

卒倒しかねない、堀衛門を介抱しようと十兵衛が近づく。

「いかがなされました、お殿様。これはいかん、医者だ。ご家来衆、医者を呼んできてくだされ」

叫びながら、瞬間十兵衛は懐にしまった細針を取り出すと、堀衛門の心の臓目がけ針を突き刺す、その既《すんで》で止めた。そして、小声で言う。

「主《あるじ》どの、ここで倒れてくださらんか」

言われたとおり、堀衛門は横になる。

そこで、菜月が答を叫ぶ。

「今のは、鱓の蒲焼きをほぐしたものでありました」

　やがて、医者の恰好をしたつもりの五郎蔵が寝ている堀衛門を診立てる。そして、首を振りながらおもむろに言う。

「ご臨終ですな……心の臓の発作と思われまする」

　ここまでが、一巻の筋立てであった。

「なるほど、そういうことでしたか」

　倒れていた堀衛門が起き上がると、何もなかったように言った。

「鱓を蝮と間違えさせるのですな。けっこう鱓も美味ですな」

「いえ、今のは本物の蝮でして……」

「なんだって?」

　と言ったきり絶句し、堀衛門は卒倒したかのように倒れた。

「主どの、だいじょうぶか?」

　口から泡を吹いて、卒倒しかけている堀衛門に向けて十兵衛は大声で叫ぶ。

「主どの、今のは戯言《ざれごと》でござる。鱓の蒲焼きですから、安心召されよ」

「まことでありますか?」

　倒れながら、か細い声で堀衛門が問う。

「ええ、まことにまことですぞ」

十兵衛の言葉で、堀衛門はゆっくりと立ち上がる。堀衛門の様を見て、十兵衛は本懐の成就を

仙石紀房は、それ以上の蛇嫌いである。

確信したのであった。

予行演習では大成功を収めることができた。

大勢は万全である。あとは四日後の当日を待つだけとなった。その間、策に漏れがないか、二度も三度もたしかめる。

料亭豊川との下相談も、抜かりない。豊川にとっても、大名家がそれも二家の藩主が一どきに利用してくれる。これほど箔《はく》がつくことはない。

そのあたりは、堀衛門も裏からの手を差し伸べている。

当日、豊川は朝から晩まで貸切りとなった。その代金は、大諸藩と高山藩で折半されて支払われる。両家共に五十両の持ち出しであった。そこに、堀衛門からの志が十両ある。

豊川にとっては、思わぬ実入りであった。四十歳も半ばになる、女将《おかみ》である豊乃《とよの》も相好を崩し、すべては十兵衛の言うがままに、全面の協力を惜しまぬことになってい

た。

「一日で、百両以上もの稼ぎが今まであったかしらん？　あるわけないよねえ、二十両がせいぜいだから」

女将の豊乃がそう言うくらいだから、板場も貸せば俎板《まないた》も貸してくれる。板前もすべて五郎蔵の助《すけ》に立った。


すべての態勢が整い、そして当日を迎えた。

鰯雲《いわしぐも》が天高きところになびき、上天の空であった。涼しい秋風が頬を伝わり、季節はすっかりと様変わりしている。

まだ明けきらぬ早朝から十兵衛と猫目は、五郎蔵に引き連れられ日本橋川北岸の魚河岸へとやってきていた。

秋とはいえ、食材の傷みが早い時期である。競い合いに使う魚はその日に、新たに調達することにしていた。

献立どおりの魚介類を仕入れると、一人ではもち運べない。それで、三人でやってきたのであった。

本船町《ほんふなちょう》の魚問屋からあらかた買いつけ、三人は帰途についた。

明六ツには、五郎蔵は豊川の板場に入り、仕込みをはじめる。火熾《おこ》しや、水汲みなどは十兵衛と猫目に手伝わせる。野菜の泥洗いは、猫目の仕事であった。

ここでは、まだ菜月も手伝うことができる。野菜の皮むきなどは、菜月の手に頼った。ここにも四人の力が結集された。

おおよその下拵えができ、あとは煮付けや味つけの調理に入る。板場の隅に、頭陀袋《ずだぶくろ》が置いてある。袋が揺れているところは、中でなにかが蠢《うごめ》いているからだろう。

五郎蔵の顔が、頭陀袋に向いた。

「……そろそろ、こいつもやっつけないといけねえな」

あと、半刻あまりで四ツになる。そろそろ菜月と猫目も自分の仕度に取りかからねばならない時限となっていた。

「おい、猫目。その頭陀袋を取ってくれ」

「いよいよやるんですかい？」

「ああ。身を開いて蒸すのに一刻はかかるからな。それから焼いて蒲焼きにするのに半刻。今からやっても、でき上がるまで昼になっちまう」

言われて猫目は、頭陀袋に手をやった。

哀れ、一尺五寸の体を三分割された鯥は、蒸し釜の中に入れられ一刻ほど蒸され、柔身にされる。

その間に、五郎蔵は手際よく料理の順を追った。おいおい豊川の板前がかけつけ、五郎蔵の助に来てくれている。

すでに十兵衛は、仙石紀房外出の警護で大諸藩上屋敷に赴いている。菜月と猫目は、芸者と幇間への変身で、板場を離れていた。


正午を四半刻前にして、まずは高山藩主松平清久が到着した。大名であることを隠す、黒塗りの忍び駕籠《かご》であった。

豊川の玄関先につけられ、女将の豊乃が出迎える。そして、豊川でも飛び切り上等な幽玄《ゆうげん》の間《ま》へと案内をした。庭園が一番よく眺められる部屋であった。

十畳間の上座には、すでに金糸の座蒲団が三尺離して敷かれ、それぞれに脇息《きょうそく》が置かれている。

知行高が五千石ほど高いので、清久が奥座を取って座る。そして、間もなく仙石紀房が到着した。

「遅くなってご無礼をした」

「いやいや。余も今しがたまいったところ。それにしても紀房殿、ごぶさたをいたしておりまする」

「こちらこそ……」

石高の違いは若干あるが、齢は双方四十に近く同じ年ごろなので、気が合うのであろう。

食通競い合いの部屋には、立会いとして十兵衛が紋付袴の、普段とは違う正装で控えている。

大諸藩からは、付き人として加山雄之助《かやまゆうのすけ》と三波春吉。高山藩からは中居正之進と木村一馬《かずま》が部屋の隅に向かい合って控えた。

大諸藩御用人春日八衛門と高山藩江戸留守居役北島三太夫は、どうでもいい勝負だと藩邸にいる。

十兵衛は上方弁も使えず、なるべく無言で通すことにした。口上は、菜月の口からさせることにしている。

まだ、開始まで間がある。殿様同士の雑談だけが、聞こえてくる。

「ところで、先だっての鯣《するめ》はいかがでしたかな？」

高山藩の松平清久が訊く。

「さすが、剣先烏賊《いか》の鯣は美味でありましたな」

「十枚ほど差し上げましたけど、みな食されましたかな？」

細かいところを清久は突いてきた。

「おや？　身共《みども》は七枚ほどしか食せぬが」

紀房が、正直に答える。誰からか、『ゴホン』と一つ咳払いがあった。

「それは、おかしいでござるなあ」

清久の首が、小さく傾《かし》いだところであった。

「ごめんくださいませ……」

襖が開くと、三つ指をついて芸者菜月が入ってきた。おかげで話題は鯣から遠のく。

「おお、ずいぶんと美しい芸者が入ってきましたな」

紀房の、下鼻が伸びた顔があった。

「この芸者が、この場を取り仕切ると聞いておりますが、紀房殿は知りませなんだか？」

清久の、牽制《けんせい》がまず投げられた。

「いや、余も存じておりましたぞ」

紀房が、見栄を張ったようだ。

「こんち、お日柄もよく……」

つづいて、猫目が猫助《ねこすけ》となって入ってきた。

「なんだ、あの者は？」

清久が、不快そうな顔をして聞いた。

「あの者は、あの女のうしろ盾になるそうで……」

今度は紀房が知ったかぶりを言って、牽制を投げた。

二人の鍔《つば》迫《ぜ》り合いが、すでにはじまっている。

「いよいよでござりますな」

「きょうこそ決着をつけましょうぞ」

この日まで、自分のほうが食通だと言い張っていた二人の殿様が、互いに顔を見合って意気込みを口にした。

正午までは、まだ幾分ときがある。紀房と清久は、その間目を閉じ、気持ちを落ち着かせようと瞑想に耽《ふけ》った。

お天道様が真南に昇り、遠くから正午を報せる鐘の音が聞こえてきた。

十畳の幽玄の間には今、都合九人がいる。両藩合わせて六人、進行役の菜月と猫助こと猫目、そして見届け役の十兵衛であった。

それまで部屋の中は沈黙が支配し、もの音一つ立つものではなかった。

「刻限となりました。これより、食通競い合いを開始いたします。料理は十品目……」

菜月の口上がはじまった。

「各料理の、主なる素材を数多く当てたお殿様が勝ちとなります。なお、お答はお手を上げたのちにお願いいたします。同一の答の場合、先にお答えしたお殿様の勝ちとなりますので、前もってご承知おきください。何か、ご質問はございますでしょうか？」

「いや、異存はない」

うなずきながら言ったのは、仙石紀房のほうであった。

「余もだ」

松平清久が、つづけて応じる。

「それでは、入ります。ようござんすか？　それでは、一番目の勝負！」

女博奕打ちのような口上を菜月が発すると、猫目が襖を開ける。すると、襖の外で控えていた仲居が二人、銘々膳をもって二人の殿様の前に据えた。膳の上には、二合のお銚子と盃も載っている。

「ご酒は召されてよろしいです」

「よし、芸者。ここに来て酌をいたせ」

仙石紀房が、菜月を呼びつける。

「余にも、酌をせよ」

「はい。ですが、あちきがお酌をするのは、最初の一献。あとは手酌でお願いいたします」

菜月は言って近づくと、清久のほうから酌をする。

「さあ、ご一献……」

芸者らしく科《しな》を作り、色香を振り撒く。

「これ、おなご。この競い合いが済んだら、余の……」

小声で清久が、菜月の耳元に囁く。

「早ういたせ」

逸る紀房の声が、菜月に飛んだ。

これで、この場を支配できると、菜月は思った。

七

一番目の料理は『鱧金山味噌和え霜造り』である。それが、茶碗半分ほどの小鉢に盛られている。

酌を済ませ、菜月は所定の位置に戻った。

二人の殿様は、首を傾げながら味見をしている。くちゃくちゃと、咀嚼《そしゃく》の音だけが、部屋の中で鳴り響く。

「……ふーむ、分からん。おそらく、伊勢海老か何かであろう」

と呟き、紀房は清久の顔を見やった。すると、清久の顔に笑みが浮かんでいるようだ。

――そうか先に言われたら、負けなのだな。

と思うが同時に、清久が手を上げた。

「はい、仙石のお殿様」

菜月がすかさず、名指しする。

「伊豆下田《いずしもだ》は外浦《そとうら》で摂れた、伊勢海老《いせえび》であるぞ」

さも、食通ぶって言ったのを、菜月からかわされる。伊勢海老ですね、お答がお決まりですか?」

「産地はお答えなされなくてよろしいです。伊勢海老ですね、お答がお決まりですか?」

「決まりだ」

「それでは次に、松平のお殿様、お答えくださいませ」

「余は、真鯛《まだい》のおろしたてとみた。さばいたばかりの鯛の身は締まって固いからの。そこに歯ごたえがあって美味なのだ」

ここも食通ぶりを、菜月にかわされる。

「能書きは言われなくてもよろしいです。それでは、真鯛でございますね。それでお答はお決まりで?」

「決まっておる」

「それでは、一番目の料理の素材は……」

二人の殿様の、答が異なる。紀房と清久が固唾《かたず》を呑んで、菜月の答に聞き入る。

「ぶーっ。答は鱧《はも》でした」

効果音を口で発して、菜月は正解を言った。

「それでは、二番勝負に入ります」

言うが同時に襖が開き、仲居が二人、膳をもって入ってくる。そして、膳を取り替えて、出ていく。

膳の上は、一際小さな小鉢であった。『蓮芋微塵切り酒盗餡掛け胡麻添え』で、微塵切りにされた蓮根の面影は、形からはうかがえない。

酒盗の塩辛さと生臭み。それが、蓮芋の食感と絡み合ってなんともいえぬ味を作り出している。酒の肴にはもってこいの小料理であった。

手酌で酒を酌みながら、殿様二人は小鉢の中身を食べきった。

「分かったぞ」

先に手を上げたのは、清久のほうであった。

「このしゃきしゃき感は、長芋《ながいも》であるな」

「くそっ、先に言われおった。ならば余は、生の馬鈴薯《ばれいしょ》としておこうぞ」

「よろしいですか。それが、最後のお答？」

「最後の答だ」

二人の、殿様の声がそろう。

「ぶーっ、答は蓮芋でした」

「やはりそうであったか。糸を引いてたので長芋だと思ったが、それにしては歯ごたえがありすぎたな」

　と、清久が悔しがる。

　三番勝負の料理は『鱸蕎麦汁蒸し甘露煮』が出て、両者は『鯉《こい》だ』『鮒《ふな》だ』と間違える。

　四番勝負の『松茸幽林寺味噌和え大和芋挟み焼』など、さっぱり分からず『高野豆腐《こうやどうふ》』だの『干し大根《ほしだいこん》』だのと、まったく当たらんでござるな」

「とにかく美味であるのに、頓珍漢《とんちんかん》な答となった。

　首を傾げながら、清久が言う。

「勝負は、これからでござる。早う次を出せ」

　紀房が、先を促す。しかし、その後五品の料理が出たが、ことごとく外れ、競い合いはとうとう最後の十番勝負にまでもつれ込んだ。

　さすがに九品も外れると、食通を自慢していただけあって二人の殿様は、両肩を落として意気消沈としている。それにはかまわず、菜月は最後の勝負を告げた。

「ただ今より、いよいよ十品目の料理が出てまいります。泣いても笑っても、あと一品でございますので、よくお味わいの上お当てなされますよう……」

菜月の口上が、座敷の中に響き渡る。ここまで来れば、菜月も相当に慣れがあった。これから十兵衛、五郎蔵、菜月、そして猫目にとっての大一番を迎えるのである。そんな思いをおくびにも出さず、菜月は口上をつづける。

「それでは、最後の勝負。どうぞ、おもちくださいい」

菜月の呼びかけで、襖がおもむろに開く。仲居二人が、黒漆《うるし》塗りに金箔の模様が入っためし椀を膳に載せて運んできた。

膳が二人の前に置かれ、蓋がしてあるので中身は見えない。

いったい何が入っているのだろうと、二人の殿様はそれぞれの椀に目が釘づけとなっている。そして、これ一品を当てれば、競い合いは勝ちとなる。

両者の意地が、この一膳に激突する。

瞑想に耽り、菜月の口上をじっとして待つ。菜月も、ここは幾分ときをかけて、場に重みをもたせた。

両家家臣も膝に置いた手に汗を掻き、最後の対戦に固唾を呑んで見ているかといえばそうではない。

——どうせ、引き分けに終わるのだ。十兵衛殿がうまくやってくれている。

というのが、高山藩家臣の思い。

るからな。

――どうせ、こちらの勝ちと決まっておるのだ。こっちには、十兵衛殿がついてい

というのが、大諸藩家臣の思い。

端《はな》から分かっている勝負に、どきどきする者はいない。それよりも、こんな勝負早く終わらせて、今まで出てきた料理を味わいたいというのが、家臣たちの偽らざる気持ちであった。

菜月がぐっと声音を落とし、おもむろに口上を発す。

「それでは椀の蓋をお取りください」

言われたとおり、両殿様は手荒に蓋を取った。

「おっ、これは……」

一目見てにんまりとしたのは、大諸藩の仙石紀房であった。幾度も味わったことのある調理法であった。

「……そうか。八衛門が言っておったが、余を勝たせるために仕掛けてあると言っておった。なるほど、最後にこんな分かりやすいものを、もってきおったか」

むろん、誰にも聞こえぬほどの小さな呟きである。

──これは鰻の……そうか、一口食したら鰻と答えればよいのだな。

うーむと、独り得心して小さくうなずく。

一方、松平清久のほうを見ると、表情に変化はない。

紀房が、右手に箸をもったところで、菜月のもう一言の口上があった。

「これは、板前が丹精を込めて作ったものでございます。椀の中にあるものを、最後までごはん粒一つ残さずに、きれいに召し上がってからお答えいただきとう存じます。なお、全部食す前にお答をいただいても、それが正解でありましても失格となりますので、ご注意くださいませ。さあ、どうぞお召し上がりください」

最初の一口を食し、答を出そうとしていた紀房の目論見《もくろみ》は外れた。ここは急いで食し、先に答を言ってしまったほうがよいと思ったか、箸と椀を同時にもち直す。そして椀の淵に口をつけると、殿様らしからぬ行儀の悪さで、めしをかっ喰らった。

──ん？　これまで食ったのと、ちょっと食感が異なるか。まあ、こういった味つけなんだろう。

食している最中紀房はふと思ったが、それは板前の料理の仕方によるものだろうと納得し、手を休めずに腹に収める。

一方の清久は、一口入れては咀嚼《そしやく》し、その味覚を味わうようにゆっくりと箸を進めている。

早食いの競い合いならば、大差がついた。

すでに、椀の中に米粒一つ残さず食し終わった紀房は、真っ先に手を挙げ菜月から差されるのを待った。

「はい、仙石のお殿様……」

「これは……」

と言ったところで、紀房の口は止まった。

――そうか、考えてみればこんな簡単な答ならば、相手もすぐに分かっているはずだ。だが、なんだあの落ち着いた食い方は。

答える既《すんで》で、紀房は止めた。

――これは、引っかけの問題か？

と、気が回る。

「……そうか、同じような食材で鱓《うつぼ》があったな」

――鰻か鱓か。どっちだ？

手を上げたまま、紀房は迷いに迷った。そのとき、春日の言葉が再び脳裏をよぎった。

──そうか、余に勝たせるのだったな。ならばだ……。

と、考えたと同時に、紀房の口から出る。

「鰻だ！」

怒号のような大きな声であった。

「どうだ、違うか？」

「最後の勝負ですので、松平のお殿様のお答を待ちたく存じます」

「なんだ、正解ではないのか？」

「ですから、両方のお答が出ましたところで判定を……」

「よし、あい分かった」

──負けるに決まっておるのが分かっておるからこそ、ゆっくり味わっておるのであろう。

どうせ勝ちは決まっているものと、紀房は菜月の指示に従うことにした。

そんな間にも、清久はすべてを食し終えたようだ。

「げっふ」と噯気《あいき》を吐いて、味覚を満喫したようだ。

十兵衛は、そんな清久を見ていよいよだなと、心の内で身構えた。手を胸にあてると、細く固いものに触れた。

――あとは、この先を紀房の心の臓めがけてぶっ刺せばいいのだな。

今は亡き主君水谷重治の温厚な顔が、十兵衛の閉じた瞼《まぶた》にくっきりと浮かんだ。

――間もなく憎き仇《かたき》が、殿のもとへとまいりまするぞ。

十兵衛が、万感胸に抱いたところで、清久の手が上がった。

「松平様……」

名を差す菜月の声にも、幾分震えがおびているようだ。猫目も、太鼓持ちの恰好をして、身構える。心密かに、そのあと騒ぎ出すだろう家臣たちを落ち着かせるための準備をする。

三間先の別室では、五郎蔵が十徳《じっとく》を羽織り、医者の恰好をして出番を今かと待っている。

いよいよ清久の口から、答が明かされる。

「それでは松平様、大きなお声で……」

なかなか口にせぬ清久を、菜月が促す。

「これはだな……まむしだ」

とうとう、清久の口から答が出された。その一言を言わせるために、いかなる努力を重ねたか。

ここで、紀房に異変が生じる――はずであった。

だが、まむしと聞いても紀房に変化がない。むしろほくそ笑んでいるようだ。

「……なんと？」

十兵衛は小首を傾げて、紀房を見やった。これでは、介抱しようにも近寄れない。家臣も騒ぎ出さず、宥《なだ》めようとして身構えていた猫目も、そのまま座ったままであった。

菜月も、答を口にすることはできない。

三人は、唖然として紀房を見やった。

「これは、余の勝ちであるな」

意外なことを、紀房は口にする。

「余は、鰻と食材を言った。松平殿は『まぶし』と、その料理のほうを言った。たしかに今のは『鰻まぶし』だったのであろう。ならば、食材を言った余のほうが勝ちとなろう」

紀房の耳には『まむし』が『まぶし』と聞こえていたのだ。

十兵衛は、先だって武蔵野屋で食した織田屋の『鰻まぶし』の味を思い出していた。

今さら、蝮だとは十兵衛の口からは言えない。

「いや、たしかにあれはまむし……」

負けてはならじと、清久が訴えた。それが十兵衛にはありがたかった。今一度の機会が与えられたからであった。だが、それでも紀房は動じない。

「そうとも言いますのう、上方では……潔く、負けをお認めなされ」

紀房の言葉を聞いて、清久の口は止まった。紀房の蛇嫌いなことは知っている。これ以上『蝮』と言って我を張ったら、両家の仲は断絶するだろう。そんな愚かなことをしでかすほどの凡庸ではない。

――北島三太夫が言っておったな。この勝負は引き分けになると。それで、よしとするか。

松平清久がそんな思いを抱いているところで、十兵衛は菜月に目配せをした。

ここは引き上げだとの意味に、菜月はとった。

「ぶーっ、今の食材は鱓《うつぼ》でした」

こんな形で言うつもりはなかった。菜月の声音に、幾分の憂いがこもっていた。

「……なんだ、やはり鱓であったか」

悔しがるのは、仙石紀房である。

「春日は余を勝たすと言っておったが……まあ、これでよかったのだ」

独りごちて紀房はうなずく。

「ここは、仲良くお相子としておこうではござらぬか、のう仙石殿」

「左様でござるな、松平殿。それにしても、美味でありましたなあ」

「いかにも……」

両大名の話を、十兵衛は悔恨の思いで聞いているかといえばそうではない。

――まだまだ幾らでも機会があるさ。

機はまだここにあらずと考える。

むしろ、あと一歩のところまで詰め寄ることができたことに、満足をする思いであった。

「さて、引き上げるぞ」

両藩主が立ち上がる。

「終わりましたら、身共らにも料理を振る舞っていただけると……」

家臣を代表して、三波春吉が言った。

「あんな、美味なるものをそちたちに食わせられるか。のう、松平殿」

「いかにも……」

二人の殿様の口には、竹の楊枝が咥《くわ》えられている。

十兵衛には、まだ仕事が残っていた。仙石紀房の警護のため、黒塗りの忍び駕籠のあとについて、大諸藩まで行かねばならない。

別間で、医者の恰好をして待つ五郎蔵だけが独り気を吐いていた。

「心の臓の発作でござる……そうか、ご臨終と言わねばならんのだな」

医者としての台詞を、頭の中に叩き込んでいる。

「……それにしても、遅いなあ」

白塗りの顔をした猫目が、五郎蔵を呼びに来たのはそれから間もなくであった。

食通競い合いが執り行われた五日後に、仙石紀房は参勤交代で国元へと戻っていった。

「とうとう紀房は討ち果たせなかったが、半月後には皆川弾正が江戸にやって来るぞ。どんな手でいてこましてやろかいなあ」

五郎蔵と菜月、そして猫目の前で十兵衛が意気込む。そのもの言いに、上方弁が少しばかり混じっていた。

時代小説

二見時代小説文庫

往生《おうじょう》しなはれ　陰《かげ》聞《き》き屋《や》　十兵衛《じゅうべえ》3

著者　沖田正午《おきだしょうご》

発行所　株式会社 二見書房
東京都千代田区三崎町二－一八－一一
電話　〇三－三五一五－二三一一［営業］
〇三－三五一五－二三一三［編集］
振替　〇〇一七〇－四－二六三九

印刷　株式会社 堀内印刷所
製本　ナショナル製本協同組合

落丁・乱丁本はお取り替えいたします。
定価は、カバーに表示してあります。

 ISBN978－4－576－13109－2
http://www.futami.co.jp/

陰聞《かげき》き屋 十兵衛
沖田正午［著］

江戸に出た忍《しのび》四人衆、人の悩みや苦しみを陰で聞いて助けます。亡き藩主の無念を晴らすため萬ず揉め事相談を始めた十兵衛たちの初仕事の首尾やいかに⁉ 新シリーズ

刺客 請け負います 陰聞き屋 十兵衛2
沖田正午［著］

藩主の仇の動きを探るうち、敵の懐に入ることになった陰聞き屋の仲間たち。今度は仇のための刺客や用心棒まで頼まれることに。十兵衛がとった奇策とは⁉

一万石の賭け 将棋士お香 事件帖1
沖田正午［著］

水戸成圀は黄門様の曾孫。御俠《おきゃん》で伝法なお香と出会い退屈な隠居生活が大転換！藩主同士の賭け将棋に巻き込まれて…。天才棋士お香は十八歳。水戸の隠居と大暴れ！

娘十八人衆 将棋士お香 事件帖2
沖田正午［著］

御俠《おきゃん》なお香につけ文が。一方、指南先の息子の拐かしを知ったお香は弟子である黄門様の曾孫梅白に相談するが、今度はお香も拐かされ……シリーズ第2弾！

幼き真剣師 将棋士お香 事件帖3
沖田正午［著］

天才将棋士お香が町で出会った大人相手に真剣師顔負けの賭け将棋で稼ぐ幼い三兄弟。その突然の失踪に隠された、ある藩の悪行とは？ 娘将棋士お香の大活躍！

かぶき平八郎荒事始 残月二段斬り
麻倉一矢［著］

大奥大年寄・絵島の弟ゆえ重追放の咎を受けた豊島平八郎は八年ぶりに江戸に戻った。溝口派一刀流の凄腕を買われて二代目市川團十郎の殺陣師に。シリーズ第1弾

公家武者 松平信平《のぶひら》 狐のちょうちん
佐々木裕一［著］

後に一万石の大名になった実在の人物・鷹司松平信平。紀州藩主の姫と婚礼したが貧乏旗本ゆえ共に暮せない。町に出ては秘剣で悪党退治。異色旗本の痛快な青春

姫のため息 公家武者 松平信平2
佐々木裕一［著］

江戸は今、二年前の由比正雪の乱の残党狩りで騒然。背後に紀州藩主頼宣追い落としの策謀が……。まだ見ぬ妻と、舅を護るべく公家武者の秘剣が唸る。

四谷の弁慶 公家武者 松平信平3
佐々木裕一［著］

千石取りになるまでは信平は妻の松姫とは共に暮せない。今はまだ百石取り。そんな折、四谷で旗本ばかりを狙い刀狩をする大男の噂が舞い込んできて……。

暴れ公卿 公家武者 松平信平4
佐々木裕一［著］

前の京都所司代・板倉周防守が黒い狩衣姿の刺客に斬られた。狩衣を着た凄腕の剣客ということで、疑惑の目が向けられた信平に、老中から密命が下った！

千石の夢 公家武者 松平信平5
佐々木裕一［著］

あと三百石で千石旗本。信平は将軍家光の正室である姉の頼みで、父鷹司信房の見舞いに京の都へ……。松姫への想いを胸に上洛する信平を待ち受ける危機とは？

妖《あや》し火 公家武者 松平信平6
佐々木裕一［著］

江戸を焼き尽くした明暦の大火。千四百石となっていた信平も屋敷を消失。松姫の安否を憂いつつも、焼跡に蠢く悪党らの企みに、公家武者の魂と剣が舞う！

二見時代小説文庫

殿さまの貌《かお》 居眠り同心 影御用7

早見俊［著］

逆襲袈裟魔《ぎゃくげさま》出没の江戸で八万五千石の大名が行方知れずとなった！元筆頭同心で今は居眠り番と揶揄される源之助のもとに、ふたつの奇妙な影御用が舞い込んだ！

信念の人 居眠り同心 影御用8

早見俊［著］

元筆頭同心の蔵間源之助に北町奉行と与力から別々に二股の影御用が舞い込んだ。老中も巻き込む阿片事件！同心の誇りを貫き通せるか。大人気シリーズ第8弾

惑《まど》いの剣 居眠り同心 影御用9

早見俊［著］

元筆頭同心で今は居眠り番、蔵間源之助と岡っ引京次が場末の酒場で助けた男は、大奥出入りの高名な絵師だった。これが事件の発端となり…。シリーズ第9弾

青嵐《せいらん》を斬る 居眠り同心 影御用10

早見俊［著］

暇をもてあます源之助が釣りをしていると、暴れ馬に乗った瀕死の武士が…。信濃木曽十万石の名門大名家に届けてほしいと書状を託された源之助は……。

風神狩り 居眠り同心 影御用11

早見俊［著］

源之助の一人息子で同心見習いの源太郎が夜鷹殺しの現場で捕縛された。濡れ衣だと言う源太郎。折しも街道筋を盗賊「風神の喜代四郎」一味が跋扈していた！

蔦《つた》屋でござる

井川香四郎［著］

老中松平定信の暗い時代、下々を苦しめる奴は許せぬと反骨の出版人「蔦重」こと蔦屋重三郎が、歌麿、京伝ら「狂歌連」の仲間とともに、頑固なまでの正義を貫く！

夜逃げ若殿 捕物噺 夢千両すご腕始末

聖 龍人［著］

御三卿ゆかりの姫との祝言を前に、江戸下屋敷から逃げ出した稲月千太郎。黒縮緬の羽織に朱鞘の大小、骨董目利きの才と剣の腕で江戸の難事件解決に挑む！

夢の手ほどき 夜逃げ若殿 捕物噺2

聖 龍人［著］

稲月三万五千石の千太郎君、故あって江戸下屋敷を出奔。骨董商・片岡屋に居候して山之宿の弥市親分とともに謎解きの才と秘剣で大活躍！ 大好評シリーズ第2弾

姫さま同心 夜逃げ若殿 捕物噺3

聖 龍人［著］

若殿の許婚・由布姫は邸を抜け出て悪人退治。稲月三万五千石の千太郎君との祝言までの日々を楽しむべく由布姫は江戸の町に出たが事件に巻き込まれた！

妖《あや》かし始末 夜逃げ若殿 捕物噺4

聖 龍人［著］

じゃじゃ馬姫と夜逃げ若殿。許婚どうしが身分を隠してお互いの正体を知らぬまま奇想天外な妖かし事件の謎解きに挑み、意気投合しているうちに…第4弾！

姫は看板娘 夜逃げ若殿 捕物噺5

聖 龍人［著］

じゃじゃ馬姫と名高い由布姫は、お忍びで江戸の町に出て会った高貴な佇まいの侍・千太郎に一目惚れ。探索に協力してなんと水茶屋の茶屋娘に！ シリーズ第5弾

贋若殿の怪 夜逃げ若殿 捕物噺6

聖 龍人［著］

江戸にてお忍び中の三万五千石の若殿・千太郎君の前に現れた、その名を騙る贋者。不敵な贋者の、真の狙いとは⁉ 許婚の由布姫は果たして…。大人気シリーズ第6弾

二見時代小説文庫

花瓶の仇討ち　夜逃げ若殿 捕物噺7

聖 龍人［著］

骨董目利きの才と剣の腕で、弥市親分の捕物を助けて江戸の難事件を解決している千太郎。許婚の由布姫も、事件の謎解きに健気に大胆に協力する！　シリーズ第7弾

お化け指南　夜逃げ若殿 捕物噺8

聖 龍人［著］

三万五千石の夜逃げ若殿、骨董目利きの才と剣の腕で、江戸の難事件に挑むものの今度ばかりは勝手が違う！謎解きの鍵は茶屋娘の胸に。大人気シリーズ第8弾！

枕橋の御前　女剣士 美涼1

藤 水名子［著］

島帰りの男を破落戸から救った男装の美剣士・美涼と剣の師であり養父でもある隼人正を襲う、見えない敵の正体は？小説すばる新人賞受賞作家の新シリーズ！

姫君ご乱行　女剣士 美涼2

藤 水名子［著］

三十年前に獄門になったはずの盗賊と同じ通り名の強盗が出没。そこに見え隠れする将軍家ご息女・佳姫の影。隼人正と美涼の正義の剣が時を超えて悪を討つ！

神の子　花川戸町自身番日記1

辻堂 魁［著］

浅草花川戸町の船着場界隈、けなげに生きる江戸庶民の織りなす悲しみと喜び。恋あり笑いあり人情の哀愁あり、壮絶な殺陣ありの物語。大人気作家が贈る新シリーズ！

女房を娶《めと》らば　花川戸町自身番日記2

辻堂 魁［著］

奉行所の若い端女《はしため》お志奈の夫が悪相の男らに連れ去られてしまう。健気なお志奈が、ろくでなしの亭主を救い出すため、たった一人で実行した前代未聞の謀挙とは…！

間借り隠居　八丁堀 裏十手1
牧 秀彦［著］

北町の虎と恐れられた同心が、還暦を機に十手を返上。その矢先に家督を譲った息子夫婦が夜逃げ。間借りしながら、老いても衰えぬ剣技と知恵で悪に挑む！

お助け人情剣　八丁堀 裏十手2
牧 秀彦［著］

元廻同心、嵐田左門と岡っ引きの鉄平、御様《ためし》御用山田家の夫婦剣客、算盤侍の同心・半井半平。五人の〝裏十手〟が結集して、法で裁けぬ悪を退治する！

剣客の情け　八丁堀 裏十手3
牧 秀彦［著］

嵐田左門、六十二歳。心形刀流、起倒流で、北町の虎の誇りを貫く。裏十手の報酬は左門の命代。一命を賭して戦うことで手に入る、誇りの代償。孫ほどの娘に惚れられ…

白頭《はくとう》の虎　八丁堀 裏十手4
牧 秀彦［著］

町奉行遠山景元の推挙で六十二歳にして現役に復帰した元廻方同心の嵐田左門。権威を笠に着る悪徳与力や仏と噂される豪商の悪行に鉄人流十手で立ち向かう！

哀しき刺客　八丁堀 裏十手5
牧 秀彦［著］

夜更けの大川端で見知りの若侍が、待ち伏せして襲いかかってきた武士たちを居合で一刀のもとに斬り伏せた現場を目撃した左門。柔和な若侍がなぜ襲われたのか……。

北瞑の大地　八丁堀・地蔵橋留書1
浅黄 斑［著］

蔵に閉じ込めた犯人はいかにして姿を消したのか？岡っ引き喜平と同心鈴鹿、その子蘭三郎が密室の謎に迫る！捕物帳と本格推理の結合を目ざす記念碑的新シリーズ！